RECUERDOS EN EL OLVIDO

AMANDA CINELLI

Editado por Harlequin Ibérica.
Una división de HarperCollins Ibérica, S.A.
Núñez de Balboa, 56
28001 Madrid

© 2015 Amanda Cinelli
© 2016 Harlequin Ibérica, una división de HarperCollins Ibérica, S.A.
Recuerdos en el olvido, n.º 2452 - 9.3.16
Título original: Resisting the Sicilian Playboy
Publicada originalmente por Mills & Boon®, Ltd., Londres.

I.S.B.N.: 978-84-687-7604-0
Depósito legal: M-40057-2015
Impresión en CPI (Barcelona)
Fecha impresion para Argentina: 5.9.16
Distribuidor exclusivo para España: LOGISTA
Distribuidores para México: CODIPLYRSA y Despacho Flores
Distribuidores para Argentina: Interior, DGP, S.A. Alvarado 2118.
Cap. Fed./Buenos Aires y Gran Buenos Aires, VACCARO HNOS.

Capítulo 1

DARA Devlin se había visto varias veces en situaciones comprometidas por culpa de su trabajo, pero aquella debía de ser la peor.

Una organizadora profesional de eventos no debía jamás entrar en un lugar sin haber sido invitada. Dara estaba segura de que aquello tenía que estar escrito en algún sitio. Y, no obstante, allí estaba, trepando por el balcón del segundo piso del club más exclusivo de Milán, ataviada con unos zapatos de altísimo tacón.

Lo hacía, por supuesto, por su negocio.

Los tacones habían hecho que tuviese que subir la resbaladiza escalera de incendios despacio, pero no podía deshacerse de ellos. A una mujer siempre se la conocía por sus zapatos, fuese cual fuese la situación. Y aquella era verdaderamente complicada.

Con el bolso en una mano, rezó en silencio para que no se le rompiese la falda mientras pasaba sin ninguna elegancia por encima de la repisa de piedra y aterrizaba en las duras baldosas de mármol. Según su reloj eran poco más de las diez, temprano para salir por la noche en aquella parte del mundo, pero Dara no había ido precisamente a bailar.

El local de moda de los famosos, Platinum I, estaba celebrando su gran reapertura ese fin de semana, y solo se podía entrar con invitación. Dara no habría podido pasar por delante de la arrogante azafata que guardaba la puerta ni derrochando todo su encanto irlandés.

No obstante, estaba decidida a entrar en la fiesta. Solo iba a estar en la ciudad el fin de semana, después tendría que volver a viajar al sur, a la sede de su empresa, que estaba en Siracusa. Así que tenía que conseguirlo.

Cuando todos sus contactos le habían advertido que Leonardo Valente era un hombre intocable, ella había aceptado el reto con entusiasmo. Tenía la oportunidad de organizar la boda más importante de su carrera, solo necesitaba la cooperación de un hombre.

No podía ser tan difícil conseguirlo.

No había cesado en el intento ni siquiera después de que, durante tres semanas, rechazasen sus correos electrónicos y no respondiesen a sus llamadas de teléfono. Armada con su tableta y su traje de diseño más elegante, había pensado que le bastaría con presentarse en su despacho de Milán y pedir que la recibiesen.

Pero se había llevado una gran sorpresa. Al parecer, Leonardo Valente ni siquiera tenía un despacho. La dirección que Dara había encontrado en el correo de su secretaria la había llevado hasta una centralita telefónica de la que no había conseguido obtener ninguna información.

Enterarse de la fiesta de aquella noche había sido un golpe de suerte. El primer club de la conocida cadena Platinum cumplía diez años e iba a celebrarlo por todo lo alto ese fin de semana.

El italiano de Dara no era precisamente perfecto, pero estaba segura de haberlo entendido bien: Leonardo Valente iba a estar allí esa noche, entre aquellas cuatro paredes. Solo tenía que encontrarlo.

Recorrió la terraza vacía con la mirada y se le hizo un nudo en el estómago. Había tenido la esperanza de encontrarse con una zona de sofás y mesas que le permitiese mezclarse de inmediato con la multitud. Se mordió el labio. Aun así, estaba en el club, solo tenía que conseguir entrar.

La pared del edificio estaba hecha casi en su totalidad de cristal negro, así que le era imposible ver lo que había en el interior. En el piso de abajo, el ruido de la música había sido ensordecedor, pero allí se había atenuado por completo.

Ignoró su malestar. Era normal que estuviese nerviosa, estaba colándose en una fiesta exclusiva, pero se dijo que en la vida a veces había que incumplir las normas para avanzar.

Se apartó un mechón de pelo rubio del rostro y apoyó una mano en la ventana. Vio su piel clara reflejada en el cristal negro, su mirada gris, tranquila y concentrada, mientras pasaba de una ventana a otra, empujando suavemente, buscando una apertura.

Después de haberlas inspeccionado todas, retrocedió y estudió el resto de la terraza con el ceño fruncido. Aquello no tenía sentido. Tenía que encontrar la manera de acceder.

Le entraron ganas de darle una patada a un cristal para conseguirlo, pero supo que no era posible. Dara Devlin nunca perdía los nervios, por complicada que fuese la situación. Ese era el motivo por el que novias de todo el mundo la llamaban para organizar sus bodas de ensueño en Sicilia.

Respiró hondo y se obligó a pensar.

Había merecido la pena intentarlo trepando, pero en esos momentos estaba en el segundo piso y no podía ir más lejos. Apoyó las manos en las frías piedras y miró hacia abajo. La calle parecía estar mucho más lejos desde ahí arriba y, de repente, Dara se sentía mucho menos valiente.

–*Signorina*, ¿hay algún motivo en particular por el que esté andando por aquí, en la oscuridad?

La profunda y sensual voz procedía de sus espaldas y Dara se quedó sin aliento al oírla.

Se giró lentamente y abrió mucho los ojos al descubrir que una de las ventanas había desaparecido y que en su lugar había un hombre observándola.

¿Cómo no lo había oído llegar? Era demasiado tarde para intentar escapar por las escaleras de incendios. Tenía que encontrar la manera de evitar que la denunciasen.

–Estoy esperando una explicación.

El rostro del hombre estaba entre las sombras, pero a juzgar por el traje oscuro y los brazos cruzados, debía de ser alguien importante, seguramente, el encargado de la seguridad. Dara se maldijo y se volvió a maldecir. Estaba metida en un buen lío.

«Piensa, Devlin», se dijo. Y, echándose a reír, empezó a hablar muy deprisa. Nadie detenía a una rubia tonta, aunque estuviese metida en un buen lío.

–Por fin se molesta alguien en salir a ayudarme –comentó, suspirando para darle un toque dramático a la escena–. Llevo veinte minutos llamando, intentando entrar.

–Supongo que no encontraba la puerta, ¿no? –respondió el hombre en tono burlón.

–Esto es un riesgo para la seguridad. Quería tomar un poco de aire fresco y alguien me dijo que subiese aquí...

–Así que decidió hacerlo escalando por la fachada, ¿no? –comentó él divertido–. ¿Siempre se pone tacones para trepar edificios? Qué talento.

Dara abrió la boca para protestar, pero decidió que era mejor no hacerlo.

–Estas ventanas solo permiten ver desde dentro. Ha sido divertido verla justo en el momento en el que se ha dado cuenta de que no iba a poder entrar. Estaba casi convencido de que iba a tener un berrinche.

Dara resopló. Era una suerte que a aquel hombre la situación le pareciese divertida. A ella no le hacía ninguna gracia.

–Sé lo que parece... –empezó, intentando que no se le notase que estaba asustada.

–¿Sí? Desde aquí, lo que parece es que estaba intentando entrar en mi zona privada vestida de secretaria traviesa.

Dara frunció el ceño al oír aquello.

–¿Qué? No soy ninguna...

El hombre retrocedió y Dara descubrió un rostro que había visto muchas veces en los periódicos. Se quedó inmóvil al darse cuenta de a quién le estaba mintiendo.

–Oh, Dios mío, es él.

Dara perdió todo su instinto profesional al ver a aquel ejemplar alto y musculoso de macho siciliano.

–Si se refiere a que soy el dueño del edificio en el que ha intentado entrar de manera ilegal, entonces, sí –respondió este en tono cínico–. Supongo que seguirá queriendo entrar. Y que pretenderá decirme que ha sido todo un malentendido.

Esperó con los brazos cruzados a que Dara siguiese cavando su propia tumba.

Ella se sintió avergonzada. Era evidente que aquel hombre pensaba que había ido a por él. Lo había leído en las revistas. Las mujeres se lanzaban a los brazos de Leo Valente allá donde estuviese. No solo era muy rico, aunque a algunas les bastase con eso, sino que también era muy, muy atractivo.

A Dara siempre le había hecho gracia que se hablase de los hombres como si fuesen postres: delicioso, sabroso, pecaminoso. Pero en esos momentos lo entendió a la perfección.

No era su tipo. Llevaba el pelo moreno demasiado largo y despeinado, tenía las pestañas muy largas y la mandíbula cubierta por barba de tres días oscura, pero, no obstante, Dara tuvo que admitir que era impresionante. Él, por su parte, la había confundido con una admiradora.

Qué vergüenza. Dara había pretendido que se llevase de ella una buena impresión nada más verla.

–Me gusta que me miren, pero no tengo toda la noche.

A Dara le dio un vuelco el corazón.

–No le estoy mirando –replicó con demasiada rapidez–. Solo estaba... pensando.

La cosa iba de mal en peor. Llevaba tres semanas trabajando para aquello y, de repente, se le había quedado la mente en blanco.

Él arqueó una ceja burlona.

–¿Estaba pensando en esta situación en particular,

o en algún otro acto delictivo que ha cometido esta noche?

¿Acto delictivo? Dara sintió pánico al oír aquello.

—Señor Valente, le aseguro que no pretendía cometer ningún delito.

—Relájese. Todavía no voy a llamar a la policía, pero me temo que no se ha dado cuenta de que hay cámaras de seguridad —le explicó él, señalando una pequeña luz roja que había encima de la cabeza de Dara—. Mi equipo ya venía hacia aquí, pero les he pedido que esperen.

—¿Y por qué lo ha hecho? —preguntó ella con incredulidad.

Él se encogió de hombros.

—Estaba aburrido. Y me ha parecido interesante.

Dara no supo qué responder a aquello. Tal vez, si le resultaba interesante, podría tenerlo hipnotizado el tiempo suficiente para hacerle su propuesta.

Se aclaró la garganta.

—Que quede claro que no soy una delincuente. En realidad, me dedico a organizar bodas.

—Para mí es más o menos lo mismo —respondió él—. Admito que me gustaba mucho más mi teoría de la secretaria traviesa.

Dara se aclaró la garganta e intentó decir algo, lo que fuese, que pudiese romper aquella tensión.

—Pues su teoría es incorrecta. No estoy aquí para... nada de eso.

—Qué pena. No obstante, ha captado mi atención —admitió él, apartándose para dejarla entrar—. Salvo que quiera volver a bajar por esas escaleras, le sugiero que me siga.

A Dara no le quedó otra alternativa que obedecer.

La habitación que había al otro lado era el doble de grande que todo su apartamento. Lo vio tocar varios botones que había en un panel de la pared y, de repente, una luz suave iluminó la habitación. No era ni un despacho ni una vivienda. Parecía la recepción de un hotel caro, con muebles modernos e una impresionante chimenea de cristal.

No supo para qué hacía falta un lugar así en un club nocturno, tal vez, para recibir a los invitados más importantes. Dara se abrazó a su bolso y, al notar la tableta dentro de él, recordó el motivo de su presencia allí.

Él apretó otro botón y la ventana se cerró. Dara se dio cuenta de que, efectivamente, se veía perfectamente el exterior, y volvió a sentir vergüenza.

Leonardo Valente se giró a mirarla y, por primera vez, Dara vio bien sus ojos. No eran tan oscuros como en las fotografías, pero tenían un color verde oliva único. Sacudió la cabeza. ¿Por qué lo estaba mirando a los ojos? Estaba en una reunión de trabajo, no en un baile del instituto.

–¿Tiene nombre, o prefiere que la llame la Mujer Araña? –bromeó él sonriendo.

La profesional que había en ella aprovechó la oportunidad.

–Lo cierto es que tengo aquí mi tarjeta de visita... si me da un instante...

Empezó a buscar en el bolso, tal vez debiese hacer la presentación en ese momento, antes de que la interrumpiesen.

De repente, se dio cuenta de que lo tenía delante y

de que le estaba quitando el bolso de las manos para dejarlo con cuidado en el suelo.

—No le he pedido una tarjeta, le he preguntado cómo se llama.

Bajó la vista a sus labios y Dara sintió un cosquilleo en el estómago, pero ignoró la sensación y levantó la barbilla para mirarlo a los ojos.

—Me llamo Dara Devlin.

Él asintió, como si hubiese contestado correctamente.

—Dara... la organizadora de bodas... —comentó—. ¿Y cómo es que tenemos el placer de su compañía esta noche?

—No he venido por placer —respondió ella, dando un paso atrás para poner distancia entre ambos—. Lo que quiero decir es que he venido a verlo para hablar de negocios.

Él arqueó una ceja.

—¿Quién va a un club nocturno a hablar de negocios?

—Usted —respondió Dara, granjeándose una mirada de incredulidad—. He venido a hablarle de un posible negocio con un importante cliente mío. Solo le pido cinco minutos de su tiempo.

—Tengo abajo a una manada de buitres de los medios de comunicación, esperando a que les dedique cinco minutos de mi tiempo. ¿Por qué iba a darle preferencia a usted?

—Si esas personas se mereciesen su tiempo, habrían subido hasta aquí para conseguirlo.

Sin aviso previo, Leonardo Valente echó la cabeza hacia atrás y dejó escapar una carcajada. A Dara le sorprendió el gesto y no pudo evitar clavar la vista en la fuerte columna de su garganta y en el vello oscuro que se asomaba por el cuello de su camisa.

Tragó saliva, de repente, tenía la boca seca. Levantó la vista y la clavó en sus ojos verdes otra vez.

–No sé si sabe que, a pesar de que podría haberse matado intentando subir aquí, tengo que admitir que estoy impresionado –le dijo–. Se merece esos cinco minutos por su valentía y creatividad.

Dara sonrió triunfante y buscó la tableta en su bolso.

–Estupendo, he preparado una breve presentación. ¿Quiere sentarse?

–No –respondió él sin más.

El bolso volvió a caer el suelo ante el repentino cambio de tono de su voz.

–Pero si ha dicho que...

–He dicho que le voy a dar cinco minutos, Dara Devlin, pero no he dicho cuándo.

Ella frunció el ceño, pero solo un instante. Qué hombre. Solo le había pedido cinco minutos. Ya llevaban unos quince allí.

Él le hizo un gesto para que fuese hacia la puerta mientras, con la otra mano, se abrochaba un botón de la chaqueta.

–Puede fijar la hora con mi secretaria. Mientras tanto, la fiesta acaba de empezar.

Aquello enfadó a Dara.

–Llevo tres semanas llamando a su secretaria, ¿acaso piensa que no lo he intentado por esa vía?

–Pensaba que le gustaba dedicarse al espionaje los viernes por la noche –respondió él, sonriendo con superioridad.

Dara contuvo las ganas de golpear el suelo con frustración. Tenía que hablar con él, pero planteando el asunto bien, y era evidente que no le iba a dar la oportunidad.

–¿No siente ni siquiera un poco de curiosidad por el motivo que me ha hecho subir hasta aquí? –le preguntó, desesperada.

Él avanzó, acercándose más a ella.

–Sorprendentemente, lo que me intriga es usted –admitió, recorriéndola con la mirada.

Dara sintió calor en las mejillas. No tenía mucha experiencia en eso del coqueteo, pero el brillo de aquellos ojos era inconfundible. Aquel hombre era tal y como lo describían los periódicos: cortés, sensual e impresionante.

–No sé si sabe que no recuerdo la última vez que conseguí que una mujer se ruborizase –admitió, acercándose todavía más y pidiéndole con voz profunda–: Tómate una copa conmigo, Dara. Suéltate esa bonita melena rubia.

–No creo que sea apropiado, señor Valente –le respondió ella poniéndose un mechón de pelo detrás de la oreja.

–El señor Valente era mi padre, a mí me puedes llamar Leo –la corrigió sonriendo–. ¿Qué negocio es tan importante que no puede esperar hasta el lunes por la mañana?

Dara supo que aquella era su oportunidad para darle un giro a la conversación.

–Mi más sentido pésame por el reciente fallecimiento de su padre. Tengo entendido que el funeral tuvo lugar en su *castello* de Ragusa.

–Eso me han dicho –comentó él, encogiéndose de hombros–. La gente se muere todos los días, señorita Devlin. Yo prefiero centrarme en actividades más gratificantes.

Era increíble, que el tipo siguiese coqueteando con ella incluso después de haberle mencionado la muerte de su padre. Era todo un playboy. Dara decidió que tenía que ser más directa.

–El *castello* es un lugar histórico, y es una pena que se utilice tan poco.

–¿Por qué tengo la sensación de que esto es algo más que una conversación superficial? –le preguntó él, frunciendo el ceño.

–Porque, en parte, es el motivo por el que estoy aquí. Le quiero proponer un negocio relacionado con el Castello Bellamo que podría resultarle interesante.

Lo dijo en tono seguro y convincente, y vio cómo Leonardo Valente se quedaba inmóvil y adoptaba una expresión dura.

Con la mandíbula apretada, la miró a los ojos y le respondió con la voz todavía más profunda que un momento antes:

–Me temo que estás perdiendo el tiempo y que me lo estás haciendo perder a mí también. Como le he dicho a todo el mundo desde la muerte de mi padre, el castillo no está en venta.

Dara negó con la cabeza.

–No estoy interesada en comprarlo, solo pretendo organizar una boda en él. Estoy segura de que podemos llegar a algún...

Él la interrumpió con un brusco ademán.

–Como si lo quiere utilizar para un orfanato. Es un asunto que no está abierto a discusión.

–Tengo entendido que, desde hace un tiempo, el *castello* está bastante descuidado...

–Y puede quedarse así, no me importa. Estos jueguecitos no van conmigo, por guapa que sea la mensajera –le advirtió, volviendo a mirarla de arriba abajo, muy despacio, y clavando después la vista en sus ojos–. La conversación se ha terminado. Pediré que la acompañen a la puerta. Si me perdona, tengo que asistir a una fiesta.

Sin más, salió de la habitación y dejó a Dara sola, mirándolo con incredulidad.

La conversación había terminado mal. Dara había sabido de la reciente muerte de su padre, y había sido una falta de tacto por su parte utilizarla como parte del argumento, pero no había tenido elección. El que podía haber sido el contrato más lucrativo de su carrera estaba al alcance de sus manos, y había prometido a su cliente que conseguiría el Castello Bellamo. Si no lo conseguía, perdería la oportunidad de presentarse como organizadora de bodas para la alta sociedad.

No podía rendirse tan fácilmente.

Leo se metió detrás de la barra que había en la entreplanta, que estaba vacía, e hizo un gesto impaciente para que el joven camarero se marchase. Tomó una botella de whisky añejo y se sirvió una generosa copa, dejando que el líquido ambarino le quemase la garganta.

La rubia lo había pillado por sorpresa, de eso no cabía la menor duda. Había muchas mujeres guapas en el mundo, modelos, chicas de la alta sociedad, que hacían fila para que las viesen a su lado, pero aquellos ojos grises habían despertado en él un interés que hacía muchos meses que estaba dormido.

Nadie se había atrevido a hablarle de su padre desde que este había fallecido, pero empezar con ese tema y pasar después a mencionar el castillo... Le dio otro sorbo al whisky y se le escapó una amarga carcajada. Tenía que admitir que aquella mujer tenía coraje.

Mientras se tranquilizaba, se dio cuenta de que ya no estaba solo. La señorita Devlin acababa de detenerse al otro lado de la barra.

—Quería dejarle claro que no soy ninguna mensajera y que no me gusta jugar, no lo hago nunca.

Estaba enfadada y a Leo le encantó verla así.

—¿Nunca? Ha vuelto a echar por tierra todas mis fantasías, señorita Devlin.

Leo se fijó en la camisa blanca que llevaba puesta, bajo la que se transparentaba un sujetador de encaje también de color blanco. Agarró la copa con fuerza. Hacía mucho tiempo que un sujetador no lo excitaba tanto.

—¿Hay alguna cosa que se tome en serio, señor Valente?

Dara puso los ojos en blanco y se miró el reloj, fingiendo aburrirse, pero Leo se dio cuenta de que se había ruborizado. Al fin y al cabo, su presencia sí que la afectaba.

Él se inclinó hacia delante y apoyó las manos en la barra que los separaba.

—Créame, hay cosas que me tomo muy en serio –le aseguró, clavando la vista en sus labios un instante, y sonriendo al verla retroceder–. Mire a su alrededor, señorita Devlin. Abrí este lugar hace diez años. Ahora tengo uno parecido en todas las ciudades más importantes del mundo, así que, como ve, me tomo el negocio del placer muy en serio.

—Estoy aquí para hablarle de mi propuesta, no para hablar de placer —respondió ella, sacudiendo la cabeza.

—Qué pena. Estoy seguro de que nos comunicaríamos muy bien acerca de ese tema.

Con un golpe, Dara dejó su bolso en la barra.

—¿Siempre es tan directo? —inquirió con voz tranquila, pero furiosa al mismo tiempo.

Y Leo pensó que tenía razón, que se estaba comportando como un cavernícola. ¿Qué tenía aquella mujer para hacerlo reaccionar así? Era quisquillosa y directa, y muy, muy sexy, pero había ido allí para hablarle de algo de lo que él no quería hablar.

—Me ha pillado con la guardia baja. Es lo que ocurre cuando una mujer desarmada consigue evitar un sistema de seguridad que ha costado un millón de euros.

—Me preguntó si estaría igual de impresionado si, en vez de ser una mujer, fuese un hombre —comentó Dara, mirándolo a los ojos.

Él se echó a reír y le ofreció una copa de whisky.

—Eres una mujer refrescante, Dara. Considéralo un sacrificio de paz, por mi comportamiento, que no ha sido el adecuado.

—Gracias.

Dara tomó la copa con ambas manos y se la acercó para oler su contenido. Fue un gesto ridículamente femenino.

Leo la observó antes de vaciar su propia copa de un trago.

–Teniendo en cuenta las circunstancias, me pregunto cómo es que he sido yo el que se ha disculpado –admitió.

–Puedo llegar a ser muy persuasiva –respondió ella, sonriendo y dando un sorbo a su copa antes de emitir un suave zumbido de aprobación.

Leo notó que se le aceleraba el corazón un poco más.

–Eso es algo que tenemos en común.

Salió de detrás de la barra y volvió a fijarse en que iba vestida de manera profesional. Era una mujer llena de contradicciones, por fuera era delicada y profesional, pero tenía las agallas suficientes para trepar por un edificio con falda y tacones. Leo se preguntó por qué todavía no la había echado de allí.

Ella dejó la copa y se giró a mirarlo con determinación.

–Volveré a Silicia por la mañana. Solo le pido que considere mi propuesta.

–¿Infringes la ley y pretendes que haga negocios contigo?

–Le pido que me dé una oportunidad –continuó Dara, sin mostrar ningún arrepentimiento por su comportamiento.

–¿De verdad esperas que te permita utilizar un castillo construido hace setecientos años para montar un circo?

–En primer lugar, es una boda. En segundo lugar, tengo entendido que el castillo lleva años vacío. Cuando su padre lo cerró al público, se perdieron muchos empleos. Y ambos sabemos el problema de pobreza que hay en Sicilia.

–Me parece que sobrestimas mi capacidad de empatía.

Había escuchado aquel argumento en innumerables ocasiones.

–Tal vez, con una boda tan importante como esta, volverían a surgir oportunidades para la ciudad de Monterocca.

A Leo se le erizó el vello de la nuca al oír el nombre de aquella localidad. No tenía motivos para sentir nada por aquel lugar. Las personas de su ciudad natal no le importaban lo más mínimo y, no obstante, se le encogió el estómago.

–Atraería la atención de muchos paparazzi –replicó.

–Por supuesto, pero tengo entendido que eso no tiene por qué ser negativo.

Leo arqueó una ceja, sorprendido.

–¿Lees los periódicos, Dara?

–Me han dicho que tiene mala fama entre los sicilianos.

–El que tenía mala fama era mi padre, no yo –la corrigió.

–Sí, pero esa mala fama ya le ha causado problemas en el pasado. Todo el mundo sabe que no tiene ni un solo local en la región de la que procede.

Leo contuvo las ganas de gruñir. Aquel era un tema que le dolía. Se encogió de hombros y añadió:

–Cualquiera diría que te preocupa.

Dara se puso recta inmediatamente.

–Por suerte, ambos sabemos que no estamos hablando de eso. Por cierto, ¿es esta la gran fiesta de lanzamiento?

–Es un prelanzamiento. Los pisos inferiores están abiertos a un público muy exclusivo. La fiesta es oficialmente mañana.

Leo miró hacia el piso de abajo, que estaba lleno de gente.

Ella lo acompañó hasta el cristal que iba del suelo al techo desde el que se veía todo el club.

–¿Solo se relaciona con la gente en los eventos oficiales?

–La verdad es que hoy me ha entretenido una rubia muy insistente que ha entrado en mi casa sin haber sido invitada.

Dara ignoró aquel comentario.

–¿Sabe que esas láminas de agua separan la zona de entrada del resto del club? –le preguntó–. Y las luces están demasiado fuertes en la pista de baile. Una iluminación más tenue, en tonos rojizos, suavizaría la transición hacia la zona de asientos.

Leo siguió su mirada con interés.

–¿Algo más que me quieras comentar?

Ella separó los labios, pero volvió a unirlos, pensativa.

–Venga, ya has empezado, continúa –la retó Leo, fijándose en el delicado rubor de sus mejillas y en que se estaba mordiendo el labio inferior.

–Son solo... los uniformes del personal. No encajan nada con la imagen del club. Son... llamativos y frívolos.

–El color platino es el distintivo de la marca.

Dara se encogió de hombros.

–Para mí son demasiado llamativos, pero no pretendía insultar a su marca.

–¿Solo pretendías ser sincera?

–Solo pretendo demostrarle que sé de lo que hablo. Sea cual sea el evento, el principio siempre es el mismo, que sea un evento para recordar, que deje huella. La clientela que tiene aquí es muy exclusiva, son personas que esperan que cada acontecimiento sea único. Y da la casualidad de que esa es mi especialización.

–¿Se ha dado cuenta de todo eso desde aquí arriba?

–Tengo buen ojo para los detalles. Tal vez no sea la invitada estrella de la fiesta, pero mi trabajo consiste en organizarlas.

–¿Y mi club no está a la altura?

–No se trata de estar a la altura, se trata de tener éxito o fracasar.

–Entonces, ¿esta fiesta sería un fracaso?

Leo esperó pacientemente a obtener una respuesta.

Dara guardó silencio.

Él se echó a reír.

–Te aseguro que es la primera vez que intentan convencerme de firmar un contrato a base de insultos.

–Yo creo en la honestidad, y si elige Devlin Events para representar su castillo, puede estar seguro de que lo haré con honestidad.

Leo miró a las personas que había en el piso de abajo.

–Entonces, tu plan consiste en organizar una boda muy elegante y reparar mi imagen pública al mismo tiempo, ¿no? Me parece que apuntas demasiado alto.

–Mi currículum habla por sí solo. He trabajado para

las principales cadenas hoteleras de la isla, Santo, Lucchesi y Ottanta.

—¿Has trabajado para el Grupo Lucchesi?

—Soy consultora externa. Me han contratado en varias ocasiones. Entre otros eventos, organicé las bodas de oro de Umberto y Gloria. Fue una pequeña celebración en el jardín de su casa, pero...

La mente de Leo se puso a funcionar al oír aquello.

—¿Te tuteas con Umberto Lucchesi?

—Sí, me ofreció trabajar para él, pero no acepté. Prefiero ser mi propia jefa.

Leo se acercó a la pared de cristal y miró hacia abajo. La cosa se estaba poniendo interesante. Se preguntó si Dara era consciente de la importancia de la noticia que le acababa de dar. Era posible que fuese una mentira, pero lo investigaría.

Él lo único que había conseguido con Lucchesi eran... desacuerdos. Los negocios siempre eran asuntos personales entre los hombres sicilianos, y aunque él llevase dieciocho años sin pisar Sicilia, seguía siendo siciliano de los pies a la cabeza.

Le molestó oír que sonaba su teléfono, y solo se entretuvo diez segundos en atender la llamada.

—Me necesitan abajo. Algunos invitados están empezando a impacientarse.

Ella bajó la vista en señal de derrota.

—Gracias por su tiempo, señor Valente —le dijo, tendiéndole la mano.

Él la ignoró.

—Llámame Leo. Y no me has entendido bien. Esta conversación no se ha terminado.

—¿No?

—En absoluto —le aseguró, sonriendo—. Seguiremos hablando dentro de una hora.

—¿Espero aquí? —preguntó Dara, sintiéndose incómoda.

—Mereces relajarte un poco, Dara. Pásate al lado oscuro, bebe, baila. Y utiliza las escaleras, a ver qué tal —le dijo Leo mientras se dirigía hacia su ascensor privado.

—¿Y cómo sabré dónde encontrarte? —le preguntó.

—No te preocupes, yo te encontraré a ti.

Leo se sonrió mientras las puertas del ascensor se cerraban lentamente y veía desaparecer la silueta de Dara de su vista. Terminaría aquel interesante interludio. Era una promesa.

Capítulo 2

LOS taburetes de piel altos eran el peor enemigo de una mujer.

Dara suspiró y se bajó la falda lápiz por enésima vez. La pista de baile estaba llena de glamurosas mujeres de la alta sociedad y de hombres de negocios, ellas llevaban todas vestidos de diseño, así que Dara se sintió completamente fuera de lugar con su traje negro. Volvió a consultar su correo electrónico en el teléfono, aunque no hacía ni cinco minutos que lo había hecho por última vez.

La pantalla se puso negra de repente. Cómo no, se le había agotado la batería. ¿Acaso había algo que no le hubiese salido mal aquella noche?

No era una persona impaciente, pero la música estaba demasiado alta y hacía demasiado calor. Además, un grupo de modelos la había criticado nada más verla aparecer.

Dara estaba acostumbrada a mantenerse en la sombra en aquel tipo de eventos, fijándose en la disposición y en la decoración. Teniendo en cuenta la importancia de aquel evento, la organización hacía aguas en muchos aspectos. Tal y como le había comentado a Leo, los uniformes de su personal eran horribles.

Cuanto antes terminase su conversación con él, mejor. No le gustaba perder el tiempo. El invierno era la temporada baja, en la que se dedicaba sobre todo a hacer tareas administrativas. Ya estaba echando de menos la frenética rutina del verano y sus bodas.

Suspiró con impaciencia y estiró el cuello para buscar a Leo entre la multitud. Se le encogió el estómago al encontrarlo.

Estaba en la otra punta de la pista de baile, rodeado de personas de los medios de comunicación. Era más alto que los demás hombres y sus anchos hombros llenaban la chaqueta del traje a la perfección.

Se dijo que no debía fijarse en sus hombros. Tenía que estar furiosa porque se había olvidado de lo que le había prometido. La hora que le había pedido había pasado hacía más de veinte minutos.

Se abanicó con un posavasos y levantó la vista en el momento en el que un camarero le dejaba una copa delante.

—Yo no he pedido nada —le dijo.

—Es de parte del señor Valente, para su bella acompañante rubia —respondió el camarero de manera educada.

Al parecer, Leo no se había olvidado de ella. Tal vez aquello fuese una disculpa, por hacerla esperar. Miró el vaso. Era un cóctel color crema que olía a alcohol.

—¿Qué es? —preguntó antes de dar un pequeño sorbo.

El joven camarero sonrió y se acercó más.

—Creo que lo llaman Orgasmo.

Dara se atragantó al oír aquello y se puso colorada. El camarero se alejó riendo y ella se sintió indignada.

Miró a su alrededor y vio a las modelos, que seguían observándola y comentando que el nivel del club había bajado mucho.

Qué vergüenza. ¿Para eso le había pedido Leo que se quedase allí? ¿Esperaría que se acostase con él para conseguir el contrato? La idea hizo que se estremeciese, pero al mismo tiempo sintió algo muy parecido a la emoción.

Frunció el ceño. Necesitaba la ayuda de Leo, era cierto, pero no a cambio de su orgullo. Había sido una tonta por prometerle a Portia Palmer que le conseguiría el Castello Bellamo antes de indagar acerca de su dueño. En esos momentos tenía dos opciones: quedarse allí sentada, actuando como si fuese la última conquista de un multimillonario, o marcharse y enfrentarse a las consecuencias.

Tal vez recuperase su reputación profesional, pero su orgullo...

Así que tomó una decisión, agarró su bolso y se dirigió hacia la puerta. Le dolían los pies y tuvo la sensación de que la música estaba cada vez más alta. Cuando por fin salió al frío aire de la noche, se sintió como si acabase de escapar del infierno.

Maldijo a Leo Valente y a su castillo. Y recordó que no tenía batería en el teléfono, así que volvió a la puerta del club y le pidió a la azafata que había allí que le llamase a un taxi. La mujer morena puso cara de pocos amigos, pero después asintió y atravesó la puerta.

Dara se quedó en la acera, se cerró bien la chaqueta porque hacía frío y se preguntó si estaba reaccionando de manera exagerada. ¿Y si volvía dentro y lo intentaba de nuevo? La alternativa era admitir delante de

Portia Palmer que no era cierto que pudiese hacer su sueño realidad. Y la actriz era famosa por poner en la lista negra a cualquiera que la enfadase.

Dara no entendía cómo había podido asegurarle que podría conseguir el castillo, era ridículo. Había tenido muy mala suerte, en vez de encontrarse con un señor mayor y amable, había ido a dar con un siciliano de sangre caliente y con un sentido del humor cruel.

La puerta del club dio un golpe y la sobresaltó. Dara se giró y vio que tenía delante al objeto de sus reflexiones.

—¿Siempre sales corriendo cuando tienes una reunión, o soy una excepción? —le preguntó Leo.

Respiraba con dificultad, como si hubiese atravesado el club corriendo.

—Yo no llamaría reunión a estar sentada ante la barra de un bar, con un cóctel de nombre obsceno delante —replicó, cruzándose de brazos.

—Estabas muy seria y he pensado que necesitabas reírte un poco. Quizás haya sido una broma de mal gusto —admitió Leo, encogiéndose de hombros.

—Tienes un sentido del humor muy retorcido —lo acusó ella—. No estoy dispuesta a... jugar a nada para conseguir lo que quiero.

Él arqueó una ceja. Era evidente que había comprendido al instante lo que Dara quería decir.

—Siento decepcionarte, pero no suelo coaccionar a nadie para que se acueste conmigo.

A Dara le ardieron las mejillas de la vergüenza.

—En cualquier caso, podría esperar a que las ranas tuviesen dientes para que me alquilases el castillo. Tú mismo me lo has dicho.

–El Castello Bellamo es mi moneda de cambio. Demuéstrame de lo que eres capaz y pensaré si quiero alquilártelo.

–¿Cómo quieres que te demuestre de lo que soy capaz?

–Mañana habrá aquí muchas personas importantes. Al parecer, tienes muchas opiniones acerca de mi club, quiero verte en acción.

Dara frunció el ceño.

–No lo entiendo... ¿Me estás ofreciendo trabajo?

–Te estoy ofreciendo la oportunidad de convencerme de que puedo confiar en ti. Impresióname y revisaré tu propuesta. Es lo máximo que le he ofrecido nunca a nadie.

–¿Por qué quieres darme una oportunidad? ¿A qué juegas?

Él se echó a reír.

–Eres muy desconfiada, Dara. Siento curiosidad por ver si eres tan ambiciosa como afirmas.

–Y si apruebo el examen, ¿confiarás en mí?

–Quizás... Aunque, ¿qué clase de hombre de negocios sería si confiase en todas las rubias guapas que se acercan a mí? –le preguntó, tendiéndole una mano–. Dime, Dara Devlin, ¿estás dispuesta a poner en riesgo tu perfecta reputación a cambio de un viejo castillo?

–No voy a poner en riesgo mi reputación.

Le dio la mano y sintió un chispazo y una ola de calor por todo el cuerpo. De repente, Leo estaba más cerca, Dara podía incluso aspirar su olor. Él le dio un beso en una mejilla, después en la otra.

Y Dara se quedó inmóvil mientras tanto. Los dos besos eran culturales, se había acostumbrado a ellos desde que vivía en aquel país, pero tenerlo tan cerca, notar el calor de su cuerpo...

—Mi conductor te llevará de vuelta al hotel —le dijo Leo, señalando el coche que acababa de detenerse a su lado—. Hasta mañana, Dara...

Y dicho aquello se marchó.

Dara lo observó y, de repente, se dio cuenta del trato que habían hecho y se puso nerviosa. Era como si hubiese accedido a nadar en una piscina llena de tiburones. No, llena de tiburones, no, con un tiburón en particular.

Leo Valente era un depredador camelador, y ella había conseguido captar su interés. No podía desperdiciar aquella oportunidad. Tenía que deslumbrarlo con su experiencia como organizadora de eventos, y después presentarle la propuesta para el castillo. Sonrió mientras pensaba que era un hombre arrogante y seguro de sí mismo. Tendría que darle una lección.

El hotel de Dara no era nada lujoso, pero no estaba mal y la cama estaba limpia. Con aquello le bastaba.

Decidió bajar a la recepción andando para quemar algo de la energía nerviosa que había acumulado desde la noche anterior. Se había despertado al amanecer y se había puesto a anotar todo lo que se le había ocurrido para el evento de aquella noche. Algunas ideas le habían parecido buenas, otras, incluso estupendas, pero eso no significaba que el jefe las fuese a aceptar. Se vistió, estuvo yendo y viniendo por la habitación una hora, y después llegó a una conclusión negativa.

Fuese cual fuese el plan que Leo Valente tenía para ella esa noche, no tenía nada que ver con sus habilidades de organización. Tenía que convencerlo de que le alquilase el Castello Bellamo y, para ello, iba a darlo todo.

En la recepción del hotel había un mostrador de información turística. Se acercó a la persona que había detrás de él y le preguntó qué podría ver en Milán en un par de horas. La chica le sacó varios mapas y folletos para que pudiese organizar su paseo y fue a buscarle billetes para el tranvía. Mientras lo hacía, Dara hojeó una revista que había por allí encima. Sorprendida, vio en ella a un siciliano alto y moreno al que conocía muy bien, el artículo se titulaba *El club de los corazones solitarios*.

A Dara le entraron ganas de echarse a reír al pensar en Leo Valente como un corazón solitario. Todas las mujeres caían rendidas a sus pies. En aquella fotografía en particular aparecía con el pecho desnudo, sentado junto a una piscina, y el gesto de su rostro era de aburrimiento. Según la revista, estaba cansado de supermodelos y tenía ganas de sentar la cabeza, pero cabía la duda de que hubiese alguna mujer capaz de domarlo.

Dara pasó la página para no mirarlo más. Pensó que compararlo con un león era mucho más acertado que hacerlo con un tiburón. Había leído en alguna parte que a los leones les gustaba jugar con la comida antes de engullirla. Aquella era una buena descripción para Leo Valente.

Recordó cómo la había mirado la noche anterior y se estremeció. Era un hombre atractivo, por supuesto, eso no lo podía negar, pero Dara llevaba cinco años ignorando a muchos hombres atractivos y no iba a dejar de hacerlo en esos momentos. En sus planes de carrera no había hombres incluidos, y le gustaba que fuese así.

–¿Poniéndote al día de la actualidad, Dara?

Esta levantó la cabeza sorprendida y se encontró con unos ojos color esmeralda.

Leo arqueó una ceja.

–Veo que mi corazón solitario ha llamado tu atención esta mañana... No pensé que fueras de las que leen prensa rosa.

Dara bajó la vista y se dio cuenta de que seguía teniendo la revista en las manos.

–No lo hago –replicó–. Solo la estaba hojeando mientras espero.

Apartó la publicación de su alcance y se metió un mechón de pelo detrás de la oreja.

Leo le pareció más alto e imponente que la noche anterior, si eso era posible. Iba vestido con pantalones vaqueros oscuros y una cazadora de piel marrón.

¿Cómo había sabido dónde encontrarla? No recordaba haberle dicho en qué hotel estaba alojada. Además, todavía faltaban ocho horas para su fiesta. ¿Habría ido a decirle que no iba a darle aquella oportunidad? La noche anterior había tenido la suerte de pillarlo desprevenido, pero, tal vez, se había levantado por la mañana y se lo había pensado mejor.

Se dio cuenta de que ella se había puesto unos vaqueros negros y un jersey de lana, y deseó haber escogido un atuendo más profesional. Como había planeado pasar la mañana paseando, llevaba zapatos planos. Así que, con Leo delante, se sintió pequeña por primera vez en su vida. Era una mujer alta, sobre todo, en comparación con las italianas, pero casi no le llegaba ni a la barbilla.

En ese momento volvió la chica que había ido a por los billetes de tranvía y los dejó encima del mostrador.

–Ya no los va a necesitar –le dijo Leo.

La pobre chica asintió sorprendida, ruborizándose.

Y Dara se preguntó si a ella le había ocurrido lo mismo la noche anterior.

–Pensaba utilizarlos –replicó, diciéndose que Leo Valente no le iba a intimidar.

–Anoche quedamos en que hoy ibas a ser mía –le recordó, con los ojos brillantes–. Como dijiste anoche, soy un hombre impulsivo, Dara. Si tanto deseas trabajar conmigo, tendrás que aprender a vivir con mis normas. Y si decido que quiero invitarte a comer, tendrás que aceptar.

Dara sintió un escalofrío. Aquello era ridículo. Leo casi le estaba ordenando que lo obedeciese. Intentó encontrar una manera inteligente de responder a aquello, pero no fue capaz. Si quería alquilar el castillo, tendría que jugar a su juego.

–De acuerdo –dijo, poniéndose el bolso en el hombro–. Estoy enteramente a tu disposición.

Él sonrió de medio lado.

–Enhorabuena. Has pasado la primera prueba, aunque no pretendo disponer de ti... todavía.

Leo jamás había pensado que podía encontrar tanta satisfacción en ver comer a una mujer. Estaban en una *trattoria* situada en un ático a la que le gustaba ir siempre que pasaba por Milán, pero nunca lo había disfrutado tanto. Dara comía con cuidado, enrollaba los espaguetis hasta que estaban perfectos para metérselos en la boca, y no hablaba con esta llena, así que lo miró horrorizada cuando Leo lo hizo sin pensarlo.

Dara había preguntado cuáles eran las especialidades de la casa y había pedido unos espaguetis con marisco. No había pedido la carta y había aceptado la recomendación del camarero de pedir unos entrantes a compartir. Este había sonreído encantado a Dara al oírla hablar italiano con acento extranjero y, al mismo tiempo, en dialecto siciliano. Era toda una novedad.

Leo dio un sorbo a su vaso de agua con gas y observó cómo Dara se metía otra vez el tenedor en la boca. Había comido de manera tan delicada que Leo casi no se había dado cuenta de que había devorado el plato entero.

—Veo que la comida es otra de tus pasiones —comentó sonriendo.

Ella se limpió los labios con la servilleta.

—Sí, desde que vine a vivir aquí.

Leo siguió los movimientos de sus manos mientras colocaba con cuidado el tenedor en el plato. El camarero no tardó en ir a recoger la mesa y les ofreció todo un surtido de postres que ambos rechazaron.

Dara suspiró y se echó hacia atrás en la silla, satisfecha después de la deliciosa comida. Él se la imaginó satisfecha por otros motivos y notó que se le encogía el estómago.

Para distraerse, se puso azúcar en el café.

—No estoy acostumbrado a estar con mujeres a las que les guste comer.

Ella giró la cabeza para mirar por la ventana.

—Pues debes de tratar con mujeres muy tristes y hambrientas.

Leo sonrió.

—Los sicilianos han debido de llevarse una buena sorpresa, con una mujer tan bella y que, además, se termina los platos —comentó antes de darle un sorbo al café.

Ella ignoró el cumplido.

—La verdad es que cuando me mudé a Siracusa solo comía sándwiches y espaguetis con tomate.

—Eso está sancionado por la ley en este país.

Dara sonrió, asintiendo.

—Pronto me di cuenta. Creo que no había pasado ni una semana cuando una amiga me llevó a casa de su abuela y me obligó a confesar.

—Pues las abuelas italianas no tienen fama de ser precisamente comprensivas, sobre todo, en lo que a comida se refiere. Me sorprende que sobrevivieras.

Leo pensó en su niñez, en la cantidad de sirvientes que había habido en el castillo. En las comidas silenciosas, solo con su niñera. Se sorprendió con la dirección que tomaban sus pensamientos y miró a Dara, que sonreía para sí.

—Aquella mujer me cocinó doce tipos distintos de pasta en menos de una hora —comentó, sacudiendo la cabeza—. Nunca había visto a nadie reaccionar así por la comida.

—Mis paisanos no son precisamente famosos por su delicadeza —admitió Leo, terminándose el café—. Dime la verdad: ¿no has vuelto a tomarte un plato de pasta con salsa de tomate desde entonces?

–Ni aunque mi vida dependiera de ello –confesó Dara con una sonrisa.

–En ese caso, has pasado la segunda prueba –anunció.

Ella se puso seria de repente.

–¿Cuántas pruebas más voy a tener que pasar? –inquirió, dando un sorbo al vaso de agua.

–No me gusta limitar el progreso, Dara. Supongo que, como mujer de negocios, lo comprenderás.

–Me alegra oírlo. De hecho, me gustaría enseñarte algunas ideas que tuve anoche para el evento de hoy. Salvo que eso sea contrario a mis funciones como consultora externa.

Leo suspiró. Aquella mujer estaba decidida a enfadarlo.

–Hazlo breve.

Dara sacó la tableta del bolso y le hizo una improvisada presentación.

–Mira, si divides la velada en dos partes, evitarás que los clientes se aíslen –terminó.

Leo inclinó la cabeza, impresionado con la presentación. Dara había hecho sola lo que las siete personas a las que había contratado no habían conseguido.

Durante semanas, habían debatido acerca de cómo hacer para que la fiesta fuese un éxito teniendo en cuenta que los invitados eran personajes famosos, políticos y hombres de negocios. Y Dara había encontrado la solución solo con ver el local desde la parte de arriba.

–¿Y podríamos hacer todo lo que propones de aquí a esta noche?

—Sin duda —le aseguró ella, con los ojos brillantes.

—Llamaré a mi equipo para que os pongáis a trabajar.

—¿Y no les molestará que una recién llegada les diga lo que tienen que hacer?

—El que debería estar molesto soy yo.

Dara se relajó en su silla.

—Me alegro de que estés abierto al cambio.

Leo se echó a reír.

—Aquí no hace falta un cambio, sino toda una reestructuración. Cobran tanto que han perdido la creatividad —continuó, echándose hacia delante para ir pasando con el dedo por las imágenes de la presentación—. Cuenta con mi equipo para todo lo que necesites.

—Así dicho, me haces sentir importante —admitió Dara con los ojos brillantes antes de guardar la tableta.

—¿Y los uniformes? —le preguntó él sonriendo.

—No espero que renueves toda tu marca por un comentario mío.

—Ya, pero soy un hombre impulsivo, Dara —repitió—. Tus comentarios de anoche me han herido el orgullo. Espero que esta noche remedies eso también.

—¿Es otra prueba?

—Dijiste que nunca perdías un reto. Tómatelo como un experimento.

Ella puso los hombros rectos.

—¿Confías en mí para cambiar todo el evento e incluso los uniformes en tan solo siete horas?

—¿Me estás diciendo que no puedes hacerlo?

—Puedo hacerlo —le aseguró—, pero no entiendo por qué me estás dando una oportunidad que le has negado a tantos otros.

A él volvió a sorprenderle que fuese tan directa. Le

había dado una oportunidad porque sentía atracción por ella, pero después de escuchar sus ideas, se sintió tentado a contarle, al menos, una verdad a medias.

—Encargué esos uniformes hace diez años. Solo llevábamos abiertos unos meses y, durante la fiesta de fin de año, un importante diseñador, que, cómo no, estaba borracho, dijo delante de un buen grupo de periodistas que podía verse reflejado en uno de esos trajes.

Leo se echó a reír al recordarlo.

—El caso es que se habló mucho de aquella anécdota y los uniformes se convirtieron en la marca de la casa. La publicidad funcionó, aunque, al parecer, era el único que pensaba que eran unos uniformes ridículos. Hasta que llegaste tú, por supuesto.

—Lo que hace que pueda estar en este negocio es que presto atención a los detalles.

—Y supongo que el poder decir que has trabajado para Lucchesi también te ayuda —comentó él sin darle mucha importancia, para ver cómo reaccionaba Dara.

—No se me asocia a esa marca. He trabajado para ellos en varias ocasiones, una de ellas, con la Fundación Lucchesi, para un evento solidario que se celebró a favor de los hospitales sicilianos.

—Supongo que debiste de causarles muy buena impresión, para conseguir trabajar con una familia tan importante.

—Conocí a Gloria Lucchesi y a sus hijas cuando estaba organizando una boda en Siracusa —le explicó—. La verdad es que fue solo una coincidencia.

—No obstante, te relacionas con ellos. Eso ya es todo un logro.

—Supongo que sí.

Leo, por su parte, no había conseguido llegar a un acuerdo con Umberto Lucchesi y aquel era un problema que todavía tenía que solucionar. Tal vez Dara pudiese ayudarlo.

La vio doblar la servilleta con cuidado, encima de la mesa, y sonrió.

—Lo siento, es una costumbre que tengo —comentó ella—. Soy organizada por naturaleza. Por eso elegí este trabajo.

—¿Qué dice entonces mi trabajo de mí?

Dara hizo una mueca.

—No creo que deba decirlo.

—No son muchas las mujeres capaces de hacerme sentir bajo escrutinio, pero tengo la sensación de que todo lo que te digo te ofende.

—No me ofendes. Soy consciente de que el único motivo por el que estoy aquí es que eres un hombre impulsivo.

—Yo no diría que ese es el único motivo... —la contradijo, mirándola a los ojos.

Vio cómo a Dara se le dilataban las pupilas y supo lo que había querido averiguar, que se sentía atraída por él, por mucha indiferencia que mostrase.

—Estás aquí porque yo quiero que estés. Siempre consigo lo que me propongo.

Leo sonrió al ver que su mirada se oscurecía todavía más, pero en esos momentos a causa de la ira. Dara era todo lo que necesitaba.

La vio sonreír de manera educada.

—Sé que eres un hombre poderoso, Leo, y que has crecido de una determinada manera, pero antes o después te darás cuenta de que no todo el mundo va a plegarse a tus deseos. Por mucho que insistas.

Él ignoró el comentario acerca de su pasado privilegiado. Estaba acostumbrado a las ignorantes presunciones de la gente. Era evidente que había crecido de un determinado modo, pero no como la mayoría habría imaginado.

Se inclinó sobre la mesa y arqueó una ceja.

–¿Estás segura? Puedo llegar a ser muy persuasivo.

–En ese caso, ya tenemos algo en común –le respondió Dara sonriendo.

Por un instante, Leo entrevió el fuego que había debajo de aquel hielo. Lo estaba pasando bien, allí con ella. No se parecía en nada a las mujeres que habían despertado su interés hasta entonces.

Dara se puso en pie al ver que el camarero volvía con las prendas que habían dejado en el guardarropa.

–He venido aquí con un objetivo, Leo. Y nunca me desvío de mi camino, por bonito que sea el paisaje.

–No esperaba menos.

–Me alegro, porque no voy a entrar en tu juego. Soy una profesional y me gusta hacer las cosas con rapidez.

–Lo mismo que a mí, Dara.

Como siempre se comportaba como un caballero, la ayudó a ponerse el abrigo. Al hacerlo, le tocó la piel del cuello con un dedo y Dara se estremeció y se giró para fulminarlo con la mirada.

–*Allora*, me parece que nos entendemos –comentó Leo.

Ella siguió mirándolo con una mezcla de enfado y atracción mientras salían del restaurante al frío de la tarde. El coche de Leo se acercó y este le abrió la puerta.

–Mi conductor te llevará al club, donde podrás disponer de mi equipo.

Leo contuvo el impulso de sentarse a su lado en el coche. Dara sentía la tensión que había entre ambos, lo había visto en sus ojos. Lo deseaba, pero no iba a rendirse a la atracción. Él le enseñaría lo que significaba perder el control, pero para ello tendría que sacarla de su zona de confort.

Capítulo 3

EN LA planta baja del club, Dara miró a su alrededor. El equipo de Leo había respondido muy bien a todos sus consejos, de hecho, casi parecía aliviado al no tener que asumir semejante responsabilidad. Al parecer, a nadie le había gustado tener que planear un evento tan importante. Leo tenía razón, el éxito se les había subido a la cabeza y les faltaba motivación para seguir luchando.

A ella le venía muy bien. Tener tan cerca a clientes tan importantes era un sueño hecho realidad. Haría algún contacto nuevo, conseguiría firmar su contrato y después volvería a casa, donde se pondría a trabajar en la organización de la boda de su carrera. Su plan estratégico por fin estaba empezando a dar los resultados con los que había soñado cuando había dejado atrás su vida de Dublín.

Inconscientemente, se mordió el labio inferior e intentó apartar de su mente los recuerdos que volvían cada vez que pensaba en su vida pasada. Las miradas bienintencionadas, llenas de compasión, los murmullos. En su ciudad natal siempre sería la pobre Dara Devlin, y ese era el principal motivo por el que se había marchado. Le habría sido imposible forjar una nueva vida en un lugar con tantos recuerdos dolorosos.

Se recordó sentada en el hospital, cuando le acababan de arrebatar el sueño de ser madre, y a su prometido alejándose fríamente de su lado por última vez.

«No», apartó aquello de su mente. Ya había dado demasiadas vueltas a todo durante las semanas anteriores a su viaje a Italia. Le gustaba la vida que tenía en esos momentos. Y tenía que agradecérselo a Daniel, que la había dejado libre para que pudiese centrarse en lo que realmente quería hacer. Su carrera le daría más satisfacciones que una familia. Era feliz, feliz de verdad, y tenía la oportunidad de hacerse un nombre.

Portia Palmer era la actriz irlandesa más importante de los diez últimos años, y había elegido a Dara para que organizase su boda. Esta quería pensar que la había llamado porque había oído hablar bien de ella, pero era más probable que lo hubiese hecho porque era la única organizadora de bodas irlandesa de la isla. La señorita Palmer era muy patriota y estaba orgullosa de su herencia celta.

Y a Dara le parecía perfecto. La publicidad siempre era publicidad, y si quería conseguir un determinado estatus, tener como clienta a una estrella de Hollywood no le podía hacer ningún mal.

Un rato antes había sentido mariposas en el estómago al leer la lista de invitados para aquella noche. Había varios políticos europeos, al menos tres pilotos de carreras, un diseñador de moda conocido mundialmente y todas las modelos de lencería de la marca Luscious Lingerie. Todas aquellas personas podían abrirle puertas en su carrera. Podrían incluso tirar muros.

La presumida azafata de la noche anterior apareció de repente a su lado. Dara cerró la lista de golpe e intentó que no pareciese que se sentía culpable.

—El señor Valente me ha pedido que le dé esto —anunció, tendiéndole una tarjeta.

Dara la tomó y le dio las gracias entre dientes. Era una tarjeta negra en la que solo había una dirección. No había nada que indicase el tipo de negocio que era.

—¿Se supone que tengo que ir ahí? —preguntó mientras la azafata se alejaba—. ¿No te ha dicho nada más?

La otra mujer se giró y se encogió de hombros.

—Solo me han pedido que te lo diera y que me asegurase de que vas a ir a esa dirección.

Faltaban menos de dos horas para que empezase el evento, así que Dara no perdió el tiempo, recogió sus cosas y se subió al coche que Leo había puesto a su disposición.

El conductor la llevó a una de las calles más caras de Milán, pero la dirección que había en la tarjeta pertenecía a un callejón en el que encontró una puerta que era del mismo color que la tarjeta, negra.

Iba a llamar cuando la puerta se abrió y apareció un hombre alto, de pelo claro, que llevaba un traje de rayas.

—*Mademoiselle*, estaba esperándola —le dijo, agarrándola de la mano para acompañarla al interior.

—Pero si ni siquiera...

—Sígame.

Sin duda, era francés, pensó Dara mientras subían una escalera que daba a un *loft* con una moqueta tan blanca que hacía daño a la vista. Una de las paredes estaba cubierta de espejos y en la de enfrente había

unas cortinas moradas. Dara miró a su alrededor, confundida. ¿Habría ido allí a recoger algo?

–Me ha enviado Leo Valente –empezó con cautela–. No me ha comentado el motivo...

El hombre la hizo callar chasqueando los dedos.

–No tenemos tiempo para hablar. Mi equipo y yo
tenemos que ponernos a trabajar.

En ese momento surgió, de detrás de las cortinas
moradas, un pequeño ejército de mujeres vestidas de
negro. Dara pudo ver varios percheros con ropa detrás
de las cortinas.

–Un momento, ¿qué es todo esto?

Y levantó una mano para detener al hombre, que
se acercaba a ella armado de horquillas.

–Estamos aquí para ponerte guapa, querida. Nos
ocuparemos de todo, del pelo a las uñas.

Dara apretó los puños, avergonzada y enfadada al
mismo tiempo. ¿Cómo se atrevía aquel arrogante siciliano a organizarle aquello? Como si fuese una especie de indigente a la que tuviesen que transformar
para aquella noche.

Indignada, buscó el teléfono en su bolso, dispuesta
a ponerle las cosas claras a determinado magnate del
entretenimiento, y entonces se dio cuenta de que ni siquiera tenía su número.

Recordó el gesto de superioridad de Leo después
de que este la hubiese tocado y ella se hubiese estre-
mecido. Le había dicho que no volvería a jugar, pero
le había mentido. Había hecho aquello para desequi-
librarla, para recuperar las riendas. Era evidente que
no le gustaba que estuviese siéndole tan práctica para
el evento de esa noche.

Hizo un esfuerzo por tranquilizarse, respiró hondo y miró el vestido rojo que había colgado en un rincón de la habitación.

–¿Lo ha elegido el señor Valente para mí? –preguntó cn un susurro.

–Lo ha elegido él mismo esta tarde, *mademoiselle* –admitió el hombre–. Es una pieza única.

Como el hombre que la había elegido, pensó Dara. Lo del vestido era parecido a la escena del cóctel de la noche anterior. Ningún otro hombre habría tenido el valor de elegir un vestido para una mujer a la que prácticamente no conocía.

Atravesó la habitación y pasó la mano por la tela, adornada por joyas. Si Leo la había llevado allí para ponerla nerviosa... lo había conseguido. Ella nunca se vestía dc manera tan sexy, de hecho, ya ni practicaba el sexo.

Por primera vez en cinco años, volvió a sentir que no era lo suficientemente buena. Sintió que tenía que cambiar para ajustarse a lo que decidía otra persona. Y por ahí no iba a pasar.

El hombre rubio y su equipo de asesinas dc belleza estaban en silencio, observándola, armados con cepillos y maquillajes.

–Voy a escoger otro vestido yo –les dijo con determinación.

El francés negó con la cabeza.

–El señor Valente nos ha dejado muy claro lo que quería.

–Sinceramente, ¿piensa que este vestido me va a favorecer?

–Sinceramente, no. Tiene poco pecho para un escote tan pronunciado, y el color es demasiado vivo para una complexión tan pálida. No obstante, me niego a ir en contra de los deseos de mi cliente.

Dara ignoró aquella brusca descripción de sus defectos y se acercó al hombre con los brazos en jarras.

–Vamos a dejar clara una cosa. Yo soy su cliente. ¿Qué pensarían de su negocio si me permite ponerme un vestido que no me va a sentar bien? Va a ser una fiesta muy importante...

El hombre la miró horrorizado.

–Me alegra que podamos entendernos –comentó Dara sonriendo.

Él se giró hacia su equipo y les ordenó que sacasen más vestidos.

Leo se miró el reloj al ver que los invitados iban llegando. Estaba empezando a pensar que doña Perfecta se había echado atrás. Hacía más de una hora que había mandado la limusina a recogerla. Dio otro sorbo a su copa de whisky y recorrió la sala con la vista.

Junto a su equipo, Dara había colocado las láminas de agua en las esquinas de la pista de baile, lo que hacía que pareciese que el espacio era mayor y que las láminas en sí llamasen más la atención. Al lado de la pista había sofás bajos y la luz era tenue y creaba un ambiente casi místico.

En la entrada había una altísima torre de copas de champán por la que caía el líquido brillante cual cascada. Desde allí, los invitados se iban repartiendo por toda la sala, creando un ambiente festivo y relajado.

Además, habían transformado la sala que había en el piso de arriba en una coctelería en la que la música se oía menos y era más fácil hablar y hacer negocios.

En general, Leo estaba impresionado.

No estaba seguro de por qué le había dado aquella oportunidad a Dara, probablemente, por una mezcla de curiosidad y ligera atracción. O no tan ligera...

Él se había quedado en la barra del piso de abajo, viendo llegar a los invitados. La noche acababa de empezar, pero no le apetecía hacer de anfitrión.

En circunstancias normales, se mezclaba con la multitud e incluso llevaba el peso de las conversaciones. Le pedían que narrase las aventuras que había vivido, las fiestas locas de las que hablaban las revistas, pero había empezado a cansarse de todo aquello.

Hasta que, la noche anterior, Dara había despertado algo en él. Hacía meses que no se sentía atraído por nadie. Había sentido la necesidad de superar la muerte de su padre antes de acercarse a una mujer. Su insaciable apetito sexual se había apagado y Leo se había dedicado únicamente a trabajar.

Se preguntó cómo habría reaccionado Dara al ver el vestido rojo, cuya elección no había sido del todo inocente. Estaba deseando verla llegar. De hecho, se disponía a llamar a su conductor cuando alguien le tocó el hombro.

Leo se giró y agarró inmediatamente la mano del hombre de pelo cano que tenía delante.

–Gianni... veo que has recibido la invitación.

–No podía perder la oportunidad de ver lo que habías hecho con mi local, chico –respondió este.

Leo contuvo las ganas de sonreír. Su viejo amigo

no había cambiado lo más mínimo. Gianni Marcello era una bestia, pero también era lo más parecido a un padre que había tenido nunca.

–La última vez que lo comprobé, era mi local –lo corrigió.

–Tecnicismos. Me convenciste de que te lo vendiese –dijo Gianni, haciendo una pausa para pedir dos copas de *grappa* a un sorprendido camarero–. Has venido a mi hotel hoy. ¿Desde cuándo das las invitaciones en mano?

Leo sonrió.

–Pensé que apreciarías el gesto.

–Lo que pensaba es que se te habría olvidado donde enviármela, después de tanto tiempo.

Leo se encogió de hombros, como si no le diese importancia al comentario, pero sintió calor en la nuca. Había sabido que Gianni no se lo pondría fácil, pero tal vez aquel no fuese el lugar más apropiado para resolver sus diferencias. Leo pensó en marcharse poniendo la excusa de que tenía negocios que atender, pero el viejo lo conocía mejor que nadie.

Gianni miró a su alrededor.

–¿No hay ni una maldita silla en todo el local?

Leo se echó a reír y lo condujo al piso de arriba, donde se sentaron en un rincón.

Les llevaron sus copas y Leo dio un sorbo del fuerte licor y notó cómo le quemaba la garganta y se le calentaba el pecho. Gianni estuvo en silencio unos segundos, observándolo.

–Veo que has hecho amigos muy poderosos –comentó, mirando hacia un grupo que bebía champán en el piso de abajo.

—En una ocasión, un hombre sabio me aconsejó que nunca llamase amigo a un político —le recordó Leo.

Gianni asintió.

—Siempre me escuchaste, chico —dijo, vaciando la copa de un trago—. Salvo en lo relativo a un tema.

Leo se puso cómodo en su asiento. Sabía lo que vendría después.

—Venga, di lo que has venido a decir. Esta vez voy a escucharte, te lo debo.

—¿Así es como te disculpas por haberte marchado hace seis meses?

Leo evitó su mirada, se sentía como un niño al que le estuviesen reprendiendo por haber desobedecido. Gianni Marcello era el único hombre al que había respetado lo suficiente como para no bromear durante una conversación seria.

—Tenías que haber venido al funeral.

Se lo dijo en voz baja, pero para Leo fue como una cuchillada en el estómago. Había sabido que Gianni se lo iba a decir, pero no pudo evitar sentirse traicionado de repente.

—Pensé que tú me entenderías.

—Lo que entiendo es que te dejaste llevar por la ira. Y yo no te enseñé eso —continuó criticándolo Gianni.

—Te aseguro que lo último que sentía era ira. Tomé la decisión de no presentar mis respetos a un hombre al que no había visto y con el que no había hablado desde hacía años. Hacía mucho tiempo que había dejado de enfadarme por cuestiones relacionadas con mi padre.

—¿Por eso vendiste todas las acciones que te había

dejado? –le preguntó Gianni muy tranquilo–. No me mientas, chico. Lo hiciste por venganza y ambos lo sabemos.

–Me dejó esas acciones con la esperanza de que yo ocupase el lugar de heredero legítimo, pero sabía que jamás las aceptaría.

Gianni no sabía de lo que su padre había sido capaz. Nadie lo sabía.

Gianni negó con la cabeza.

–No te estoy diciendo que tomases la decisión equivocada, sino que lo que te motivó no es típico de ti.

Leo esperó unos segundos antes de contestar.

–¿Te llevaste una decepción al darte cuenta de que soy igual que él?

–Si hubieses sido como él, no habrías rechazado una herencia multimillonaria hace doce años. Vittorio Valente se removería en la tumba si supiese que su empresa está hecha pedazos.

–Mi padre tomó sus decisiones y murió con las consecuencias.

Leo recordó unos ojos verdes y un rostro lleno de juventud y vitalidad, el rostro de su madre, un rostro en el que llevaba doce años sin pensar. Lo apartó de su mente.

Gianni frunció el ceño.

–No permitas que el recuerdo de un fantasma te atormente. Eres un buen hombre, Leo, pero estás haciendo tu camino solo.

–¿Ahora lees prensa del corazón? –inquirió él riendo–. Por el momento, estoy bien trabajando duro.

–Yo estuve casado treinta y cinco años. Y mírame

ahora, un viudo solitario, que vive en una de las suites del hotel como un maldito vendedor ambulante –le dijo Gianni–, pero mi mujer me dio tres hijos. Un hombre tiene que tener hijos que continúen con su legado.

–Algún día, tal vez –respondió Leo, encogiéndose de hombros.

No se cerraba a sentar cabeza, aunque supiese que no estaba hecho para aquel tipo de vida. Podían necesitarlo en cualquier parte del mundo de un día para otro. Nunca se quedaba en ninguna parte el tiempo suficiente como para echar raíces. Y, además, las raíces atrapaban a uno en un lugar y si había algo que no soportaba era sentirse atrapado.

Apartó aquello de la mente y vio cómo Gianni devoraba a una morena con la mirada.

–Quizás te imite y me busque una de esas modelos –comentó el viejo riendo.

–No comen lo suficiente –bromeó Leo, recordando a Dara.

–Nunca has bebido como un siciliano. El whisky es para los vaqueros.

–Y tú sigues siendo tan políticamente incorrecto como recordaba.

Gianni apartó la vista un instante. Su expresión era triste.

–Tenías que haber venido a verme, Leonardo. Antes siempre venías.

Parecía confundido y aparentaba de repente los setenta años que tenía. Por primera vez, Leo se dio cuenta de que no iba a vivir eternamente. La idea le provocó un nudo en el estómago.

Clavó la vista en la otra punta de la habitación,

quería terminar con aquella conversación. Hablar del pasado no iba a mejorar su mal humor.

Algo captó su atención hacia un extremo de la sala, vio que el grupo de políticos dejaban de hablar y que uno de ellos señalaba a la mujer, alta y rubia, que subía las escaleras.

No llevaba el vestido rojo. Y Leo casi deseó que lo hubiese llevado. Lo había elegido para ella porque era atrevido y sexy, para intentar sacarla de su zona de confort, pero con lo que llevaba puesto era la tentación personificada.

Como una segunda piel dorada, brillante.

Leo sintió calor y se puso en pie lentamente. Sus miradas se cruzaron cuando Dara se detuvo junto a la barra y arqueó una ceja, como haciéndole saber que era él quien se tendría que acercar.

Gianni siguió su mirada con interés.

—Esa es de las que son capaces de helar el infierno con una mirada. Veo que por fin has encontrado a una mujer de verdad.

Leo lo oyó reír a sus espaldas de camino a la barra.

Cuando se detuvo ante ella, Dara sonrió con dulzura.

—Siento llegar tarde. Al parecer, han tardado mucho tiempo en ponerme presentable.

—Has cambiado de vestido.

Dara inclinó la cabeza.

—¿Qué tiene este de malo?

Leo se controló para no volver a recorrer sus curvas con la mirada. Era un vestido más bien recatado, con delicadas mangas y un escote que se detenía elegantemente a la altura de su clavícula. Lo único que tenía de malo era que se le pegaba a todas las curvas del cuerpo, un cuerpo en el que Leo no quería pensar en esos momentos.

—He decidido que tu elección no era la adecuada para esta noche.

Dara se giró ligeramente y a Leo se le secó la garganta. El escote trasero era muy pronunciado y dejaba al descubierto la graciosa curva de su espalda.

Tosió y se aclaró la garganta.

—Pensé que entenderías que la decisión estaba tomada.

Dara se acercó un poco más a él y susurró:

—No lo entiendo. ¿Acaso te he dado a entender en algún momento que tenía dificultades para elegir la ropa?

—No estabas preparada para esta noche y quería que encajases bien en el papel de organizadora del evento.

—Consultora externa –lo corrigió–. Solo por curiosidad, ¿siempre te aseguras de que todos tus socios tengan la oportunidad de enseñar escote?

A Leo le sorprendió la pregunta. Aquello no estaba saliendo como él había planeado.

En ese momento, una voz que conocía muy bien dijo a sus espaldas:

—Leonardo, ¿no me vas a presentar a esta criatura tan bella?

Él se giró y vio a Gianni, que lo miraba divertido.

Leo apretó los labios un instante y luego comentó:

—Lo cierto es que tenía planeado mantenerla alejada de ti.

—A mí me parece que es ella la que tiene planeado mantenerse alejada de ti –replicó Gianni, tendiéndole la mano a Dara–. Gianni Marcello, creo que no nos conocemos.

Dara se acercó a él y se presentó con mucha educación.

–Dara es mi organizadora de eventos –explicó Leo con toda naturalidad.

–En realidad, solo voy a organizar este –dijo ella–. Leo y yo estamos en proceso de negociación.

–¡Una mujer de negocios! –exclamó Gianni, aplaudiendo–. Gracias a Dios que por fin ha encontrado a alguien con quien poder hablar.

Dara se disponía a corregirlo cuando el gerente del club se acercó a ellos y dijo algo a Leo en voz baja.

–Me temo que es el momento de dar el discurso –explicó Leo–. Intenta no aburrirla con tus conversaciones profesionales, Gianni.

–Es encantador, ¿verdad?

Dara dejó de mirar a Leo, que estaba bajando las escaleras, para clavar la vista en el otro hombre, Gianni, que la observaba con interés.

–Le di su primer trabajo, detrás de la barra de mi hotel insignia, en París. Míralo ahora, bebiendo champán, rodeado de modelos –comentó riendo.

–¿Es usted el dueño de los hoteles Marcello?

–El mismo, pero ahora los que trabajan son mis hijos. Yo me dedico a disfrutar de la vejez en la ciudad que me vio crecer.

–¿Nació aquí, en Milán?

–Nací y crecí en Sicilia –le contó él, con los ojos brillantes–. El trabajo me trajo al norte, a la zona industrial. Abrí mi primer hotel aquí hace cuarenta y cinco años.

–¿El Gran Marcello Milán fue el primero?

–La joya de la corona. Por eso vivo en él, en el último piso.

Dara sonrió.

–Me encanta el lema de su cadena: «Ciudad nueva, viejos amigos».

–Debe de ser lo único que queda de mi trabajo inicial –admitió Gianni–. Los jóvenes quieren modernizarlo todo.

Dara asintió, el señor le resultaba agradable, su manera de comportarse había hecho que se sintiese cómoda desde el principio.

Bajaron la música y se oyó un tintineo. Dara se dio cuenta de que Leo se había subido al pequeño escenario que habían colocado en el centro de la pista de baile. Gianni la agarró del codo y la condujo al piso de abajo mientras Leo empezaba a hablar.

Este empezó a explicar los cambios que había realizado en el local mientras Gianni comentaba entre susurros que el club había estado bien como estaba.

Leo sonreía de oreja a oreja, era el carismático anfitrión, y terminó dando las gracias a su equipo por el trabajo realizado.

–Por último, es un placer para mí presentarles a una futura estrella de esta industria, la señorita Dara Devlin.

Dara vio, horrorizada, cómo la señalaba y la convertía en el centro de atención de trescientas miradas.

Leo sonrió, ajeno a su vergüenza.

–La señorita Devlin es un reciente descubrimiento,

tiene un gran talento creativo. Es tal su concentración en los detalles, que incluso nos ha cambiado los uniformes.

La multitud aplaudió y miró con curiosidad a los camareros, que se paseaban por el local vestidos de negro. Dara rezó por que Leo cambiase de tema, y suspiró aliviado al ver que se despedía.

Gianni arqueó las cejas a su lado.

—Me parece que le has impresionado, *carina* —comentó sonriendo.

Ella puso los hombros rectos e intentó no ruborizarse.

—El señor Valente es un hombre de éxito. Me alegro mucho de poder trabajar con él.

Le dio un sorbo a su vaso de agua con gas, que le alivió un poco la sequedad de la garganta.

—Es muy ingenua si cree que Leo piensa solo en el trabajo —le dijo Gianni, guiñándole un ojo.

Dara ignoró la incómoda sensación de su estómago al oír aquello. Después de haberle demostrado su talento, Leo se la estaba empezando a tomar en serio.

Decidió no pensar en el comentario de Gianni, puso los hombros rectos y dijo:

—La verdad es que estoy negociando con él para celebrar un evento en el Castello Bellamo.

Él se puso tenso, como si le hubiese sorprendido la información. Dara esperó a que hablase, pero vio que guardaba silencio y decidió darle tiempo. Miró hacia la pista de baile y vio a Leo charlando con un grupo de hombres.

Mientras lo hacía, la miraba a ella fijamente. Dara se dijo que debía apartar la mirada y retomar la conversación con Gianni.

Se giró hacia este y vio que también estaba mirando a Leo, su expresión era feroz.

—¿Está bien, señor Marcello? —le preguntó Dara con cautela.

—Esos juegos son muy peligrosos. Discúlpame un momento.

Y, dicho aquello, echó a andar entre la multitud.

Dara lo siguió mientras balbucía:

—No sé qué he dicho que le ha molestado tanto, pero no me parece que este sea el mejor lugar para montar una escena.

Él giró la cabeza mientras seguía andando:

—No tiene por qué presenciarla.

Leo los vio acercarse y se apartó del grupo en el que estaba.

—Gianni, veo que estás más animado.

El otro hombre apoyó un dedo en su pecho y le dijo:

—¿Y dices que no juegas a nada, chico? Entonces, explícame a qué acuerdo has llegado con esta señorita. ¿Tienes pensado vender lo único que todavía te queda de tu familia?

Leo lo miró sorprendido.

—¿Te importa bajar la voz?

Gianni sacudió la cabeza y dejó escapar una amarga carcajada.

—Siempre tan preocupado por la imagen, Leo. Cuando hiciste lo que hiciste con Valente Enterprises pensé que lo hacías porque estabas dolido, pero esto... —se le quebró la voz.

—No voy a vender el maldito castillo —espetó Leo.

—No va a venderlo. Me dedico a organizar bodas, solo estamos negociando para organizar una allí.

–No te metas en esto, Dara –le advirtió Leo.

–Yo pensaba que solo te la querías llevar a la cama –dijo Gianni–. Es mejor que lo vendas a que lo utilices como si se tratase de un hotel barato.

–No voy a hacer nada en ese maldito castillo, ¿me oyes? Voy a dejar que se pudra como está.

Dara se quedó sin aire mientras absorbía aquella noticia. Ninguno de los dos hombres la miró mientras continuaban con su disputa. Por suerte, estaban en un rincón de la sala y nadie parecía estar prestándoles atención.

–Entonces, ¿qué hace aquí? –inquirió Gianni.

Eso mismo se había preguntado Dara.

Leo guardó silencio unos segundos, la miró.

–Eso no es asunto tuyo, Gianni.

Dara vio dudar al otro hombre y luego poner gesto de dolor.

–Tampoco es asunto mío –dijo ella, bajando la vista–. Gracias por aclararme la situación, señor Marcello.

Dicho aquello, se dio la media vuelta y salió del club.

Capítulo 4

S E DETUVO en el guardarropa para recoger el bolso y el abrigo e intentó tranquilizarse.

Después de haberse pasado el día dejándose la piel para impresionarlo...

Después de haberse pasado una hora al teléfono con un importante diseñador, para buscar los uniformes...

Después de haber permitido que Leo le hiciese sentir vergüenza...

Dara pensó que, si Leo la seguía, golpearía a alguien por primera vez en toda su vida.

Salió a la fría noche milanesa y tembló.

Leo salió detrás de ella.

—Dara, no te marches, permite que te dé una explicación.

—¿Cuánto tiempo más ibas a estar dándome largas? —inquirió, dándose la vuelta para mirarlo.

—No hagamos esto en la calle —le pidió Leo, mirando hacia donde estaban los guardias de seguridad.

—Ah, perdona, me había olvidado de tu reputación. Por favor, haznos un favor a ambos y vuelve con tu adorado público.

Una limusina negra se detuvo delante de ellos.

—Ahí parada no vas a llegar a ninguna parte. Mi coche está aquí, entra, por favor. No quiero tener nada más en mi conciencia esta noche.

–Venga, si ambos sabemos que no tienes conciencia.

No obstante, Dara frunció el ceño. Se le había olvidado lo difícil que era encontrar un taxi en Milán. Si lo que le ofrecía Leo era su limusina, la aceptaría sin pensárselo. Cualquier cosa con tal de alejarse de él lo antes posible.

–Veo que es tan caritativo como me lo imaginaba, señor Valente. Mi más humilde agradecimiento por este premio de consolación –le dijo, abriendo la puerta y entrando en el coche.

La puerta del otro lado se abrió de repente y Dara vio sorprendida cómo Leo se sentaba a su lado.

–¿Qué haces? –le gritó.

–Te he dicho que subieses, pero no que fueses a marcharte sola –le informó mientras golpeaba el cristal que los separaba del conductor con los nudillos para que este pusiese el coche en marcha–. Todavía no hemos terminado, Dara.

Su voz cálida, seductora, la atrajo, pero Dara ignoró la sensación, guardó silencio y fingió indiferencia.

–Me puedes ignorar si quieres, pero todavía tengo que cumplir mi parte del trato –añadió él, dándole unos segundos por si quería contestar–. Tu trabajo de esta noche ha sido impresionante. Te has ganado la oportunidad de convencerme.

Ella se giró a mirarlo, indignada.

–Perdona que, de repente, no quiera lanzarme contra una pared.

–No entiendes la situación con Gianni Marcello –comentó Leo, sacudiendo la cabeza.

Aquello la enfadó todavía más.

–Yo creo que la entiendo a la perfección. Estabas aburrido y decidiste divertirte un poco y, de paso, conseguiste que te hicieran un trabajo gratis. Es una pena que tu amigo lo estropease todo antes de conseguir el premio gordo, ¿verdad? –espetó, cruzándose de brazos.

–Lo que has conseguido esta noche ha sido increíble. No he mentido cuando he dicho que tienes mucho talento. Has conseguido en siete horas más que todo mi equipo en tres meses.

–Para mí eso no significa nada. Solo lo he hecho para conseguir el contrato.

–Mi relación con Gianni es complicada. No entiende algunas de mis decisiones. Le he dicho lo que le he dicho para evitar que me montase un número, pero lo cierto es que sí que he estado considerando tu propuesta.

Dara lo observó en silencio. El cambio de táctica de Leo la aturdió.

–Te voy a dar la oportunidad de que me convenzas –continuó este–, pero solo te la voy a ofrecer una vez.

Dara se quedó pensativa. Si existía la posibilidad de conseguir ese contrato, tenía que intentarlo, por mucho que le molestase cómo se había comportado Leo.

–La boda es para una importante actriz, con pocos invitados. Con respecto a los medios de comunicación, solo habrá una revista. Tal vez hagan falta tres días, entre los preparativos y la limpieza, y también habrá que alojar a los invitados.

Dio su discurso de la manera más clara y eficaz posible, teniendo en cuenta que casi no había dormido y que se encontraba en un ambiente demasiado íntimo.

Por no mencionar al hombre que tenía sentado al lado, que observaba todos sus movimientos con interés.

–Al parecer, has pensado en todo –admitió Leo, pasándose una mano por la barbilla–. Y suena como un acuerdo que podría beneficiarnos a ambos.

Dara sospechó de aquel repentino cambio de opinión a pesar de saber que había hecho muy buen trabajo esa noche.

–¿Qué ha cambiado concretamente para que te lo hayas pensado dos veces? –le preguntó.

Él arqueó las cejas y entrecerró los ojos.

–Tal vez quiera que te lleves mejor impresión de mí que la que tienes hasta el momento.

–No pienso que te importe lo que nadie piense de ti.

Leo se encogió de hombros.

–Depende de la persona en cuestión, aunque sí es cierto que tengo otra motivación. No obstante, antes quería darte la oportunidad de exponer tu propuesta.

Leo se puso recto y la miró a los ojos.

–Necesito tu ayuda, Dara. Ya me has demostrado lo lejos que estás dispuesta a llegar para conseguir lo que quieres. Solo te voy a pedir un poco más.

Apoyó una mano en el cuero oscuro que había entre ambos, sin apartar la mirada de la de ella. Debía de ser un gesto destinado a hacer que se sintiese atrapada y Dara sintió ganas de apartarse, pero no lo hizo.

–¿Cuánto más? –le preguntó, apartando los pensamientos indecentes de su mente.

Leo se quedó pensativo un instante y miró hacia la calle antes de contestar.

–¿Qué sabes del último complejo de Lucchesi?

Dara procesó la pregunta.

–¿Te refieres a la isla que tiene cerca de Lampedone? He oído que la está convirtiendo en una especie de complejo turístico de lujo.

Leo asintió.

–Independientemente de lo que hayas oído o leído, hasta el momento no he intentado nunca extender mi imperio hasta Sicilia. No hay mercado para una marca de lujo como la mía en más ciudades grandes. O no lo había hasta que surgió el proyecto de esta isla –le explicó, gesticulando con las manos–. Van a construir hoteles exclusivos, tiendas y restaurantes, todo de lujo.

–No sé qué tiene que ver eso con mi contrato –admitió Dara en voz baja, intentando entenderlo.

–Umberto Lucchesi está al frente de la junta directiva. Tiene la última palabra con respecto a cualquier posible inversión. Yo le he hecho saber que quiero formar parte del proyecto y, sinceramente, pienso que necesitan mi experiencia y mis contactos. La junta aprobó mi inversión, todos dieron el visto bueno, menos Lucchesi.

Ella sacudió la cabeza.

–Lo siento, pero no creo que la relación que tengo con él pueda ayudarte en ese aspecto.

–Solo necesito tu presencia, Dara. Es un hombre muy reservado, que solo se reúne en su propia casa o con la junta directiva. Mañana por la noche hay un evento benéfico, una ópera, en el teatro Massimo, en Palermo, y Lucchesi y su esposa son los anfitriones.

A Dara le entraron ganas de reír con incredulidad. Aquello era ridículo. Ella solo había ido a Milán con un propósito y le estaban pidiendo que fuese a la ópera con un conocido playboy.

–¿Y en qué te beneficiaría mi presencia? –le preguntó.

–Sé que lo que te voy a pedir es algo inusual, pero pienso que si me encuentro con él en un ambiente de cordialidad, con un rostro conocido a mi lado, tal vez empiece a mirarme de manera más positiva. Me ve como a mi padre: un playboy frívolo, sin ninguna moral, mientras que tú le gustas, porque ha trabajado contigo en más de una ocasión.

–¿Me estás pidiendo que finja ser tu pareja?

–¿Qué otro motivo habría para que fuésemos juntos a la ópera? Me parece que será lo más creíble.

Tal vez fuese porque estaba cansada, pero Dara sintió ganas de reír. ¿Quién iba a creer que un hombre como Leo Valente estaba saliendo con una chica irlandesa a la que no conocía nadie?

Él continuó, ajeno a su sorpresa:

–Tendrías que dejar que hablase de negocios yo. Solo necesito que actúes de mediadora, que me allanes el terreno.

–¿De mediadora? Qué halagador...

–Tendrías todos los beneficios de ser mi acompañante, es un evento exclusivo. Y será una velada entretenida.

–Umberto Lucchesi es un hombre poderoso. Debe de tener motivos para no confiar en ti –reflexionó Dara–. No sé si debo poner en riesgo mi reputación.

–Yo soy un hombre poderoso, Dara. Has trepado por un edificio para hablar conmigo. Y ahora te ofrezco la oportunidad de conseguir lo que quieres. En tu mano está aceptarlo o no.

La limusina se detuvo. Dara miró hacia la fachada

gris y anodina del hotel e intentó retomar las riendas de la situación. Leo le estaba poniendo el *castello* en bandeja de plata. Solo tenía que hacer un papel hasta que él consiguiese hablar con Lucchesi.

–¿Y si te equivocas? ¿Y si mi presencia no cambia nada?

–Deja que sea yo el que se preocupe por eso. Mi oferta es muy sencilla. Si me acompañas a Palermo, firmaré el contrato.

Dara se preguntó si podía confiar en él, hasta el momento, no le había dado ningún motivo para hacerlo, pero tampoco pensaba que tuviese ninguna otra motivación.

Podía tener a la mujer que quisiera, así que aquello no estaba solo relacionado con la química que había entre ambos. De eso estaba segura.

Debía de desear mucho llegar a un acuerdo con Lucchesi. Por su parte, ella también quería el contrato.

–Te acompañaré –le dijo rápidamente, por miedo a cambiar de opinión–, pero quiero el contrato del *castello* firmado.

Leo se sintió triunfante. Había visto dudar a Dara y era consciente de que la estaba poniendo en una situación complicada.

–¿No confías en mí? –le preguntó.

–Ni lo más mínimo.

–No esperaba menos. Redactarán el contrato mañana mismo, y te prometo que estará en tu despacho el lunes por la mañana.

–¿Pasaremos la noche en Palermo?

Hizo la pregunta en tono inocente, pero Leo se dio cuenta de que movía las manos con nerviosismo.

–La suite tendrá más de un dormitorio.

–Quiero que me des tu palabra de que no habrá más juegos. Se trata de un acuerdo comercial.

–¿Me estás pidiendo que me comporte? ¿Que ignore la intensa atracción que hay entre nosotros? –le preguntó él con voz suave.

–Sí. Eso es exactamente lo que te estoy pidiendo.

–Esto es un acuerdo comercial, aunque seas mi acompañante mañana por la noche. Te aseguro que sé separar ambas cosas, y que, en los negocios, soy un hombre de palabra.

Leo golpeó el cristal que los separaba del conductor y este bajó para abrirle la puerta a Dara.

–El avión saldrá a mediodía, así que tienes tiempo suficiente para descansar.

La vio desaparecer tras las puertas del sencillo hotel. No le había mentido al decirle que sabía separar el trabajo del placer, pero la atracción que sentía por ella lo había tomado con la guardia baja.

Después de varios meses sin sentir ningún interés por el sexo opuesto, aquella sensación era casi dolorosa. Y estaba seguro de que Dara también lo sentía. La necesitaba para acercarse a Lucchesi, pero en realidad aquel no era su único objetivo. Todavía no estaba dispuesto a abandonar el reto que constituía ella misma.

Tal vez fuese aburrimiento... o que sentía su orgullo herido, pero Dara Devlin lo atraía más que ninguna otra mujer que hubiese conocido. Lo intrigaba y quizás fuese ese el motivo por el que había intentado provocarla en el club. Al fin y al cabo, era un hombre, no un adolescente.

Si quería impresionarla, tenía que sacar lo mejor de sí mismo. Por naturaleza, era rebelde y provocador, pero tal vez debiese adoptar un enfoque más sutil. En todo caso, siempre conseguía lo que quería y estaba decidido a demostrarle a Dara lo que podía conseguir si cedía a la tentación.

El coche giró bruscamente por otra estrecha bocacalle y Dara sintió que se le encogía el estómago. Iba sentada muy recta en el Porsche, con una mano apretando con fuerza el teléfono móvil, como si se tratase de un talismán, y la otra aferrada a la puerta como si de ello dependiese su vida. Leo conducía por las pequeñas calles de Palermo como si estuviese en un circuito.

Al girar la última esquina, detuvo el potente vehículo. Un segundo después, Dara estaba fuera, alisándose la falda e intentando recuperar la compostura.

−¿No has disfrutado del paseo?

Leo le dio las llaves al portero y llegó a su lado para entrar en el antiguo edificio al que acababan de llegar.

−En general, prefiero ir a menos velocidad.

Dara miró la fachada del *palazzo*. Todavía no podía creer que estuviese allí. Subieron las escaleras de mármol y entraron en el vestíbulo. Dara dejó de respirar al ver la opulenta decoración.

−Siempre había oído que habían convertido algunos de estos palacios en lugares muy lujosos, pero jamás pensé que entraría en uno de ellos.

Levantó la vista para estudiar el techo. Se habían conservado los adornos originales y era como retroceder al siglo XVIII.

El interior del apartamento era igual de ostentoso que el recibidor. Estaba decorado de manera barroca, tenía los techos altos y lámparas de araña, y un balcón con vistas a los tejados de la ciudad.

Leo la llevó hasta el otro lado del salón y abrió unas puertas dobles.

–Tu habitación está aquí. Supongo que ya han subido tu bolsa de viaje.

–¿Ya? –preguntó Dara sorprendida, abriendo las puertas y viendo su bolsa a los pies de la cama.

–Espero eficiencia allá adonde voy –admitió Leo, encogiéndose de hombros.

Dara se fijó en la enorme cama con dosel, adornada con cortinajes de terciopelo rojo intenso y cubierta por una colcha bordada en tonos dorados. Era una cama que exigía pasión y romance. Y era una pena que no los fuese a haber.

«Recuerda tu objetivo, Devlin», se dijo Dara. Una mentirijilla y el *castello* sería suyo.

–Saldremos hacia la ópera a las siete. ¿Vas a encontrar qué ponerte?

–En una ocasión conseguí siete vestidos para las damas de honor el día antes de una boda –respondió.

Leo no hizo ningún comentario al respecto, se limitó a mirar el teléfono.

–Tengo que trabajar, pero compra lo que necesites: zapatos, joyas. Lo que te apetezca.

Sacó una tarjeta plateada de su cartera y se la tendió.

–Te lo agradezco, pero puedo comprarme ropa –respondió Dara.

Leo frunció el ceño.

–De acuerdo. El coche nos recogerá a las siete.

Se marchó y cerró las puertas tras de él.

Dara se preguntó por qué había cambiado así de actitud. Tal vez estuviese nervioso por la importancia de aquella noche.

Tenía que irse de compras, pero antes... Se quitó los zapatos a patadas y se dejó caer en la cama, suspirando. Fue como hundirse en una nube y, por un instante, se imaginó cómo sería no estar sola en aquella cama. Tener otro cuerpo a su lado, acariciándola.

¿Qué le estaba ocurriendo? Iba a tener que estar alerta. Su libido, que habitualmente estaba controlada, parecía estar saliendo del estado de hibernación en el que la había tenido.

Leo no era su tipo.

Pensó en su exprometido, un hombre moreno, siempre bien peinado, con los pantalones y las camisas siempre impolutos. Dan jamás la había mirado como la miraba Leo, como si fuese la mujer más atractiva del lugar, incluso antes de averiguar que era tan estéril como el desierto.

Aquella expresión tan fea la afectó un momento. Era lo que le había oído decir a Daniel hablando con su padre.

El recuerdo del pasado la llenó de emoción. La noticia de que jamás podría tener hijos la dejó destrozada. Siempre se había enorgullecido de no ser una mujer dependiente en sus relaciones. Dan era el único hombre con el que se había acostado. Su vida sexual no había sido nada espectacular, pero ella se había dicho que su conexión mental valía mucho más que la química en el dormitorio. Al parecer, él no había sido de la misma opinión.

Siempre se sentía molesta cuando pensaba en su ruptura, pero en esos momentos se acercó al espejo de cuerpo entero que había junto a la cama y frunció el ceño al ver su reflejo. No era sexy, y lo sabía, pero en el pasado se había sentido moderadamente atractiva... había aceptado la atención masculina con cierta gracia.

No era en absoluto vanidosa. Sabía que tenía el cuerpo delgado y las piernas largas, pero sus rasgos faciales eran muy normales y tenía el pecho demasiado pequeño. No entendía que un hombre como Leo se sintiese atraído por ella. Quizás fuese porque le había dejado claro desde el principio que no iba a ocurrir nada entre ellos.

Pero el problema era que cuanto más tiempo pasaban juntos, más deseaba que ocurriese algo.

Se apartó del espejo e intentó no gemir. ¿Qué tenía aquel hombre que hacía que dudase tanto? Leo Valente solo podía traerle problemas, así que tenía que controlar la atracción que sentía por él.

Leo tomó dos copas de champán de la bandeja de un camarero que pasaba por su lado y volvió a su asiento en un palco privado.

Había visto a Dara sacar el teléfono del bolso y ponerse a teclear en él.

–Una adicta a la tecnología no es precisamente la mejor compañía –la reprendió.

–Dame un minuto y habré terminado.

–Esta noche eres mía, Dara –le dijo él, quitándole el teléfono de la mano y metiéndoselo en un bolsillo–. Te lo devolveré después de la ópera si te comportas bien.

Ella lo fulminó con la mirada.

–Qué manera tan prepotente de recuperar mi atención.

–¿No te gusta? –le preguntó él, dándole una copa.

–En absoluto –respondió Dara, poniéndose recta y dándole un sorbo mientras apartaba la mirada de él.

A Leo le molestó que no le prestase atención, no lo había hecho desde que habían salido del *palazzo*.

Dara estaba espectacular, con el pelo rubio recogido en un moño, dejando al descubierto los delicados pendientes de diamantes. El vestido era elegante y refinado, de color plateado y con forma de corazón en la parte delantera, en la que se veía lo suficiente para dejar poco a la imaginación.

Se acercó a ella y le dijo en voz baja:

–Imagino que preferirías a un hombre mucho más dócil, un hombre al que, tal vez, puedas organizar y controlar, ¿no?

–La verdad es que no tengo preferencias –comentó ella, encogiéndose de hombros–. Todo mi tiempo lo ocupa el trabajo y con eso soy feliz. En mi agenda no hay espacio para hombres.

–Al parecer, lo tienes todo controlado. Todo es perfectamente perfecto.

–Te estás burlando de mí, pero tú haces igual.

–Para levantar un imperio hace falta tener planes, sin duda, pero, para el resto, me gustan las sorpresas. Si no fuese por una de ellas, no estaríamos aquí esta noche.

–Volviendo al tema que nos ocupa: ¿cuándo se supone que vamos a arrinconar a Lucchesi?

–En el primer intermedio. Tú sígueme y no te salgas del guion.

Dara contuvo el impulso de replicar, en su lugar, se relajó al oír que empezaba la música. El antiguo edificio de la ópera era precioso, con su icónica arquitectura dorada y las cortinas de terciopelo rojo. Dara se había prometido años atrás que algún día iría a ver una obra allí, estaba en su lista de cosas típicas de turistas que tenía que hacer mientras viviese allí. Una lista en la que nunca conseguía avanzar por culpa del trabajo...

Cuando bajó el telón para el primer interludio, sintió mariposas en el estómago. Leo le hizo un gesto para que lo siguiese hacia la puerta y salieron a los pasillos. Había llegado el momento de la verdad. Él apoyó una mano en la curva de su espalda y se dirigieron hasta el palco real, en el que estaba la familia Lucchesi. El calor de su mano le caló la piel, haciendo que el cosquilleo del estómago se incrementase.

Había un grupo de personas en la entrada, comentando la obra. Entre ellos resaltaba una mujer, adornada con muchos diamantes y una estola blanca de piel.

Leo miró a Dara a los ojos y le hizo un gesto para que se adelantase a él y captase la atención de la mujer.

Dara esbozó su mejor sonrisa al ver adelantarse a Gloria Lucchesi, que la saludó muy cariñosamente.

Ella intentó no mirar a Leo, cuyo gesto era de satisfacción.

–Dara, querida, ¿qué haces en público sin tus auriculares? –bromeó la otra mujer.

Dara se obligó a reír y se sintió incómoda al notar que Leo se acercaba y la agarraba por la cintura.

–He venido con... Leo Valente balbució, con el corazón acelerado, sin saber si era porque estaba mintiendo o por el roce de la mano de Leo.

La sensación de aturdimiento se le pasó al ver que Gloria Lucchesi se quedaba literalmente de piedra y se tocaba el collar en un gesto que era mucho más que de sorpresa. Dara tuvo un mal presentimiento al ver acercarse a Umberto Lucchesi, que parecía enfadado.

Gloria apoyó una mano en el brazo de su marido antes de decirle a Dara directamente:

–¿Señorita Devlin, me puede explicar que está haciendo aquí con el sobrino de mi marido?

Umberto Lucchesi parecía dispuesto a pegarle a alguien.

–Qué alegría verte, tío –comentó Leo, impasible.

–¿Cómo te atreves a montarme una emboscada en un acto benéfico? –inquirió el otro hombre entre dientes.

–He comprado mi entrada... como todo el mundo.

Fiel a su costumbre, tía Gloria dio un paso al frente para calmar la situación.

–Umberto, no dramatices, por favor –lo reprendió–. A mi marido se le olvida que está en el Teatro Massimo, y no dando voces en una sala de juntas.

Gloria tocó el brazo de Dara, y esta sonrió con educación y salvó la situación haciéndole preguntas acerca de sus hijas.

Umberto guardó silencio y continuó fulminando a Leo con la mirada.

—No vamos a hacer esto aquí, Valente —bufó.

—Por supuesto que no —lo interrumpió Gloria—. Ya ha llegado el momento de que os olvidéis de vuestra ridícula contienda y aprendáis a perdonaros. Leonardo, quiero darte la bienvenida a Sicilia, tu casa. Te he echado de menos, cielo.

—Gracias, Zia, me temo que tu marido, no.

Gloria le habló directamente.

—Venid a cenar a casa mañana por la noche. Y hablad de negocios entonces. Ahora, será mejor que todos disfrutemos del resto de la velada —dijo antes de guiar a su marido hacia donde había gente.

Se giró hacia Dara y le guiñó un ojo.

Leo sonrió a su acompañante. Todo había salido tal y como había planeado. Había conseguido una cita para reunirse con Umberto en privado, en su casa, pero Dara tenía el ceño fruncido de camino a su palco. Leo la siguió, confundido ante su repentino cambio de humor.

Dara esperó a que volviesen a estar en el palco antes de girarse a mirarlo y apoyar un dedo acusador en su hombro. Aquello lo sorprendió.

—Me podías haber advertido que iba a formar parte de una escena de culebrón. Dios mío.

—No pensé que sirviese de nada que conocieses cuál era mi historia con Umberto.

–No pensaste que te serviría de nada a ti –replicó ella enfadada–. ¿Cómo es que nadie sabe que sois familia?

–Es el hermano pequeño de mi madre, que decidió cortar todo vínculo con la familia cuando ella falleció –le explicó Leo con rotundidad.

La ira de Dara menguó, sorprendida con aquella explicación.

–Debió de ser muy difícil.

–Mi madre murió de manera bastante repentina, solo tenía treinta y ocho años. El funeral fue muy desagradable, y mi familia paterna nos culpó a mi padre. Y a mí.

–Santo cielo, era muy joven. Qué cruel es la vida en ocasiones.

–Solo te estoy contando lo que ocurrió, no busco tu compasión. He tenido doce años para superarlo.

Se metió las manos en los bolsillos del esmoquin de diseñador y arqueó una ceja. Era un hombre que mantenía sus verdaderos sentimientos ocultos. Dara no podía imaginarse revelándole sus propios recuerdos dolorosos con tanta naturalidad.

Dara pensó en cómo se habían mirado los dos hombres y le dijo:

–Leo, ya te he ayudado a conseguir ese encuentro. He cumplido mi parte del trato. Convenimos que sería tu acompañante solo esta noche.

–No puedo ir solo a la cena. Me acompañarás para que piensen que somos pareja. A Gloria le caes bien, y ella es clave para que haya paz.

Dara se movió incómoda en su silla y se pasó una mano por el vestido plateado. Un rato antes, al bajar las escaleras del *palazzo* para encontrarse con Leo, se había sentido como una princesa. Él estaba muy guapo, todavía más de lo habitual, y cada vez que la tocaba o la miraba, hacía que se le cortase la respiración.

Necesitaba alejarse de Leo antes de que hiciese una tontería. No podía arriesgarse a pasar otra noche con él.

–¿Qué es lo que te preocupa, *carina*? ¿Que no se crean que somos pareja? Porque eso no va a ser un problema.

–Es demasiado arriesgado. No sabemos nada el uno del otro. ¿Y si nos hacen preguntas? –argumentó ella.

–No les hará falta –le aseguró Leo, acercándose más–. Dara, la química que hay entre nosotros es demasiado evidente.

–¿Lo es?

–Sí. Nos atraemos, es algo natural, que no puede frenarse fácilmente, y a lo que podemos sacarle partido.

–No sé cómo vamos a parecer una pareja si siempre estamos discutiendo.

Dara se giró y luchó contra sí misma. Lo cierto era que estaba disfrutando mucho de aquella farsa en la que se había embarcado. Estaba empezando a parecerle una realidad paralela a su frenética y solitaria vida en Siracusa.

–La tensión puede interpretarse de muchas maneras.

Leo se puso detrás de ella, tan cerca que Dara sintió su aliento en la oreja.

–Las señales físicas son lo primero que ve la gente.

Son muestras inconscientes de intimidad –le dijo, tomando su mano y entrelazando los dedos con los suyos.

A Dara se le cortó la respiración.

–Entonces, ¿con que nos demos la mano todo irá bien?

–No hace falta más, la sutilidad funciona mucho mejor. Basta con que apoye una mano en tu espalda para dejar claro que eres mía.

Dara intentó absorber sus palabras, pero solo podía pensar en lo fuerte y caliente que notaba su mano. Hacía mucho tiempo que no la agarraban así.

–¿Qué estás haciendo? –le preguntó, aturdida.

–Dara, nadie se lo va a creer si te cambia la voz cada vez que te toco –le susurró él al oído mientras varias personas más entraban en el palco.

Ella aprovechó la oportunidad para volver a sentarse y estudiar el programa mientras intentaba calamar su errática respiración. La música empezó y Leo se sentó a su lado, muy cerca.

–Vamos a volver a intentarlo –murmuró.

Apoyó la mano en su regazo y acarició el dorso de la suya mientras clavaba la vista en la obra, tan tranquilo.

Ella intentó concentrarse en la música, pero no dejaba de oír su propia respiración.

Leo entrelazó los dedos con los suyos e inclinó la cabeza para susurrarle:

–Mucho mejor, Dara, un equilibro perfecto entre el desdén silencioso y la temblorosa expectación.

–No estoy temblando –susurró ella, girándose a mirarlo y descubriendo que, al parecer, a Leo la situación le resultaba divertida.

La pareja que tenían al lado chasqueó la lengua con desaprobación.

—Estás molestando a propósito.

Dara sacudió la cabeza y clavó la vista en el espectáculo.

—No puedo evitarlo —respondió Leo, con la atención puesta completamente en ella.

—Al menos, inténtalo —lo reprendió Dara, agarrándose las manos con fuerza sobre el regazo—. Este no es el lugar indicado para enseñarme a mentir. Y no he accedido a continuar con nuestra pequeña farsa.

—Tienes razón.

Leo se puso en pie y la agarró de la mano. Luego, se dirigió a la pareja que tenían detrás:

—Discúlpennos, mi bella acompañante no se encuentra bien.

La hizo levantarse de su silla y le hizo un gesto para que saliese del palco delante de él.

Una vez en el pasillo, Dara se giró hacia él, que estaba cerrando la puerta.

—No pretendía que nos marchásemos —le dijo, exasperada.

—La verdad es que no era capaz de prestarle atención a la obra —admitió Leo, acercándose más—. Me ha pasado algo ahí adentro.

Dara lo vio avanzar otro paso más. Estaban tan cerca que sus pechos casi se tocaban. Leo la miró a los ojos y después clavó la vista en sus labios. Ella pensó que iba a permitir que la besara o, lo que era todavía peor, quería que lo hiciera.

—¿Qué te ha pasado? —le preguntó entre dientes, humedeciéndose los labios secos con la lengua.

Leo siguió el movimiento con la mirada.

—No tienes ningún motivo para seguir ayudándome después de esta noche.

—Supongo que tienes razón —admitió Dara mientras intentaba no sentirse decepcionada.

Leo tenía razón, después de aquella noche no tenían ningún motivo para seguir trabajando juntos, salvo, tal vez, los correos electrónicos que intercambiarían con relación al *castello*.

—¿Qué me dirías si te ofrezco algo más que un contrato para una boda? —le preguntó Leo en voz baja.

A Dara se le aceleró el pulso al oír aquello.

—He estado pensando... Lo cierto es que el castillo está abandonado y no sirve para nada. Tú vas a volver a darle vida con esa boda. Y, como dijiste, eso va a generar algo de empleo en Monterocca. Lo necesitan, están demasiado lejos de los complejos turísticos.

—Me halaga que prestases tanta atención a mi presentación —admitió Dara sonriendo.

—Te podría ofrecer los derechos exclusivos para la celebración de una pequeña cantidad de bodas selectas en el *castello*. Te contrataré para que supervises las reformas y te asegures de que está listo para cumplir con su propósito.

—Leo, eso sería... increíble...

—Después de que consiga cerrar este trato, no querré saber nada más de ese lugar. Así que ya te digo que no lo hago por egoísmo. Confío en que harás un buen trabajo, Dara.

—Te aseguro que no tendrás de qué preocuparte —le aseguró, sorprendida por su propia reacción ante la noticia.

–Entonces, ¿me acompañarás mañana por la noche? –le preguntó Leo directamente.

Ella se echó a reír.

–Supongo que tendré que hacerlo.

–Será lo último que te pida.

La expresión de Leo era seria mientras recorrían el pasillo y llegaban al gran vestíbulo para, de allí, salir a esperar el coche.

La idea de pasar otra noche siendo el centro de su atención, que la tocase y le hablase como si fuesen amantes, ponía nerviosa a Dara.

Esta guardó silencio de camino al apartamento, no podía dejar de pensar en lo ocurrido en el palco. Leo casi ni la había tocado, pero ella había estado a punto de lanzarse a sus brazos. Había estado segura de que iba a besarla.

El miedo de que Umberto Lucchesi la catalogase de mentirosa no era en absoluto comparable al miedo que le daba que Leo Valente la besase. Todavía no lo había hecho, pero, teniendo en cuenta que al día siguiente volverían a pasar la velada juntos, a Dara le parecía inevitable.

Hacía tanto tiempo que no se besaba con nadie que temía que se le hubiese olvidado. Se dijo que tal vez lo mejor fuese enfrentarse a ello como si se tratase de una tarea. Dara nunca emprendía una tarea sin haberse preparado antes. Lo haría como si se tratase de quitarse una tirita, con rapidez, sin dolor. Al fin y al cabo, solía ser peor el miedo a lo desconocido que el acto en sí.

Al entrar en el apartamento, Leo se quitó la pajarita con facilidad y la dejó encima de una de las mesas auxiliares antes de dirigirse hacia la puerta de su dormitorio.

–Espera –lo detuvo Dara, intentando mostrarse segura de sí misma–. Antes quería probar algo.

Se acercó a él con paso firme y vio la sorpresa en su rostro. Sus labios tocaron los de él, con cautela al principio, pero cada vez con más firmeza. Teniéndolo tan cerca, se dio cuenta de que olía muy bien. Dara retrocedió antes de empezar a sentirse cómoda y notó que le temblaban un poco las piernas.

–Ya está... el primer beso, que es siempre el más difícil, ya está dado –comentó sonriendo, orgullosa de sí misma por haber encontrado la manera de lidiar con una situación tan incómoda.

Leo guardó silencio unos instantes. Su expresión era completamente indescifrable. Entonces, dio un paso hacia ella y respondió:

–Si querías probarlo, solo tenías que habérmelo dicho, Dara.

–Era solo para practicar. Para mañana –le aseguró ella.

Notó que su cuerpo reaccionaba al volver a tenerlo muy cerca, como si su piel se acordase de él. Dara no sabía qué le estaba pasando.

–En ese caso, yo pienso que deberíamos practicar más.

Antes de que a Dara le diese tiempo a responder, Leo la estaba besando, pero en aquella ocasión no fue un beso rápido, experimental, como había sido el suyo. Leo la besó de manera intensa, con un anhelo desconocido para Dara hasta entonces. Ella se sentía igual. Era como si el mundo hubiese desaparecido a su alrededor y lo único que importase fuese aquello. Sentir su boca besándola, sus manos en la cintura.

Leo pasó la lengua por sus labios, para que los separase y poder entrar, y Dara intentó pensar con claridad. Aquello no estaba bien. Había comenzado como un simple beso y en esos momentos Leo la estaba devorando.

Inclinó la cabeza hacia atrás y él se aprovechó. Bajó las manos a su trasero y la apretó contra su cuerpo. Dara nunca había estado tan excitada. El roce de su fuerte pecho contra el de ella hizo que se le endureciesen los pezones. Sintió que le pesaban los pechos y que quería tener estos desnudos. Se sintió lasciva y libre, y le rogó a su sensatez que no volviese por allí en un rato. Su lengua se encontró con la de él y siguió su ritmo mientras la erección de Leo se clavaba en su vientre.

Este bajó por su cuello y Dara gimió. Cada vez sentía más calor entre las piernas.

Lo deseaba más de lo que había deseado a ningún otro hombre antes. Su olor, sus caricias, la estaban volviendo tan loca que casi no podía ni pensar. Solo podía oír los latidos de su propio corazón retumbándole en los oídos. Leo también tenía la respiración acelerada mientras le mordisqueaba el lóbulo de la oreja y le bajaba el vestido hasta la cintura.

Dara notó cómo su cuerpo reaccionaba arqueándose hacia él, ofreciéndole más inconscientemente. Dejó de pensar con coherencia al dejarse llevar por la sensación de tener su cuerpo caliente y fuerte pegado al de ella. Leo la fue empujando hasta ayudarla a tumbarse en el sofá del salón y después bajó la boca hasta sus pechos, haciendo que desapareciese la poca voluntad que le quedaba. Dara solo podía sentirlo a él y los movimientos de sus labios y de sus dientes en la piel.

Le acarició un pezón con la lengua mientras torturaba el otro con la mano. Dara se retorció bajo su cuerpo y levantó la cadera para apretarse contra su erección.

Él volvió a besarla en los labios, en esa ocasión más dulcemente, mientras seguía acariciándole un pecho. Bajó la mano que tenía libre por su cuerpo y le levantó el vestido, que se le arrugó a la altura de las caderas. Y, sin dejar de besarla, le acarició el interior de los muslos. Dara lo agarró del pelo y se sintió triunfante al oírlo gemir y notar que la besaba con más intensidad.

Leo subió la mano un poco más y la acarició a través de las braguitas de encaje. A Dara se le encogió el estómago y volvió a levantar las caderas. Necesitaba sentir su piel, necesitaba aliviar la tensión que estaba creciendo en su interior.

Guio la mano de Leo por debajo de la ropa interior y este gimió de nuevo, luego, le susurró al oído palabras en italiano que Dara no pudo entender.

Y, de repente, se quedó quieto encima de ella.

−*Dio*, haces que me olvide de mí mismo −comentó, respirando con dificultad−. Tenemos que ir un poco más despacio... Tengo que ir al dormitorio a buscar protección.

Y bajó por su cuello con la lengua.

Aquello fue como un jarro de agua fría para Dara, que acababa de darse cuenta de lo que había estado a punto de ocurrir. Casi no conocía a aquel hombre y había estado a punto de tener sexo con él sin protegerse y en un sofá. ¿Desde cuándo perdía así el control?

Intentó salir de debajo de su cuerpo y controlar la emoción que se estaba apoderando de ella.

–¿Qué te pasa? –le preguntó Leo, sujetándola.

Ella lo empujó con fuerza y Leo la miró confundido y dejó que se levantase.

–No puedo hacerlo –susurró Dara, intentando taparse con el vestido.

Se sentía completamente desnuda, y estaba muy avergonzada con su comportamiento.

–Has sido tú la que ha dado el primer paso, Dara.

–Yo no te he besado... así –balbució ella, intentando desesperadamente calmar su respiración.

–¿Estás enfadada porque te he besado o porque te ha gustado más de la cuenta?

–Casi no nos conocemos. Yo no hago estas cosas.

Era verdad. Nunca había tenido sexo con un desconocido, pero el pánico que sentía en esos momentos no tenía nada que ver con la moral, sino con la idea de volver a estar tan cerca de un hombre.

–Te hago perder el control, Dara. Eso es lo que no te gusta. No entiendo por qué te da tanto miedo dejarte llevar.

–No finjas conocerme, ni saber cómo me siento –le advirtió ella, sacudiendo la cabeza.

Leo no sabía lo que era que toda tu vida se viniese abajo de repente, que el hombre en el que confiabas te destrozase. Le habría sido muy sencillo utilizar el sexo con Leo para liberarse y olvidarse de todos aquellos recuerdos, pero no iba a hacerlo.

Leo se encogió de hombros, como si no quisiera seguir hablando del tema.

–Tienes razón. Avísame cuando cambies de opinión.

Dara fue hacia su dormitorio y miró atrás un instante. Leo parecía un dios griego en medio de aquel lujoso salón.

–No lo haré.

–Qué alegría volver a tenerte aquí, ¿verdad, chicas?

La familia Lucchesi al completo estaba reunida en el salón de la villa histórica que tenían en Palermo. Umberto Lucchesi era conocido por coleccionar todos los tesoros dc su país. Había heredado el amor por la arquitectura histórica de su linaje aristocrático.

Gloria sonrió con indulgencia mientras sus dos hijas adolescentes asentían con educación. Leo apoyó la mano en la de Dara y notó que esta se ponía tensa. Era evidente que estaba incómoda, pero le sonrió cariñosamente.

Había confusión en su mirada y, desde la noche anterior, había intentado distanciarse de él. Por su parte, lo que había hecho Leo para tranquilizarse había sido darse una ducha fría y tomarse una necesaria copa de whisky.

Sabía que Dara había disfrutado besándolo, y que también le había gustado lo que había venido después, le había gustado mucho más de lo que había imaginado. Leo recordó la perfección con la que sus pechos habían encajado en sus manos. Detrás de aquella fachada fría había una mujer muy caliente, y en esos momentos, después de haber descubierto cómo era el sabor de su piel, le resultó mucho más complicado sentarse a su lado en vez de echársela al hombro, cual hombre de las cavernas, y llevársela a la cama más cercana.

El único problema que tenía en esos momentos era que no sabía si podría saciarse de ella. Era embriagadora. Desde que habían llegado a la cena, había aprovechado la más mínima excusa para tocarla. Estaba seguro de que volvería a él antes de que hubiese terminado la noche, lo sabía por cómo lo miraba cuando pensaba que él no se daba cuenta. Se sentía enfrentada a sus propias normas, pero Leo tenía la sensación de saber quién ganaría la batalla.

Dara lo miró otra vez al notar que Leo apoyaba la mano en la curva de su espalda.

Su tío interrumpió sus pensamientos calenturientos.

—Leo, vamos a fumar fuera mientras las mujeres charlan —le pidió Umberto, haciéndole un gesto para que lo siguiese a la terraza.

Muy a su pesar, Leo cerró la puerta tras de ambos, dejando a Dara en el salón con su tía y primas. Era evidente que su tía sabía a qué había ido allí. Había querido que hablasen a solas... así que solo tenía que apelar a su lógica y agilizar el cierre del acuerdo. Después, se centraría en Dara.

—Bueno, sobrino. Has jugado bien tus cartas —comentó Umberto mientras encendía un puro y echaba el humo entre ambos.

Le ofreció otro a Leo, pero este lo rechazó con un ademán.

Su tío clavó la vista en la oscuridad del cielo.

—Cuéntame, ¿utilizar a la rubia es parte esencial de tu plan o solo estás aprovechando para divertirte un poco, ya que estás aquí?

—Dara y yo llevamos una temporada viéndonos.

—Ahórrate las mentiras, Valente. Ya sabes que no me las suelo tomar bien —lo reprendió su tío—. Es demasiado buena para ti. Y tiene carácter.

Leo no pudo evitar sentirse incómodo.

—Umberto, lo que ocurrió entre mi padre y tú, sea lo que fuere, es historia. No me parezco en nada a él.

—A juzgar por lo que dicen de ti, no valoras nada la familia. Ese era el peor defecto de Valente. Para un hombre siciliano, la familia es lo primero.

—El estilo de vida que haya escogido es irrelevante. Soy la mejor opción para tu nuevo complejo turístico. Todas las personas que te rodean lo tienen claro, pero tú te niegas a aceptarlo. Tengo la experiencia y los recursos.

—No me refiero al hecho de que seas un seductor. Si bien es cierto que prefiero negociar con hombres de familia, que conocen el verdadero sentido de la palabra «responsabilidad» —lo aleccionó Umberto en tono airado—. ¿Quieres saber por qué no he querido negociar contigo? Porque me niego a hacer negocios con alguien que trata a los de su propia sangre como si fuesen basura.

Leo sintió que aquel comentario le dolía. Sabía que Umberto se estaba refiriendo a su madre. Al modo en que su padre, y él, la habían tratado.

—Tu padre mandó a mi hermana a la tumba antes

de tiempo. Y, para mí, el apellido Valente solo significa egoísmo y traición.

—Fue mi madre la que se enterró sola, tío. Se suicidó. No era la mujer que tú piensas que era.

—No era perfecta, no, pero se merecía más. No merecía que la ocultasen como si se tratase de un sucio secreto.

Aquello era cierto, su madre se había merecido más y él, también. Y el único culpable de la vida que habían tenido había sido su padre, pero Leo se negaba a ponerse a discutir por un puñado de fantasmas teniendo su objetivo al alcance de la mano. Los recuerdos formaban parte del pasado, donde no podían hacerle daño a nadie.

—No he venido aquí a hablar del pasado, sino del proyecto Isola. He pensado que viniendo de manera pacífica, y solucionando las desavenencias que había entre nosotros, por fin podríamos vernos como iguales.

—Nunca seremos iguales mientras un Valente sea el propietario de los terrenos que pertenecen a los Lucchesi.

Leo pensó en el *castello* de Monterocca. El Castello Bellamo había pertenecido a la familia de su madre durante siglos, hasta que esta se había casado con un Valente y se lo había cedido a este.

Habló con calma, ajeno a la ira de su tío.

—No sé si recuerdas que yo soy medio Lucchesi.

Umberto negó con la cabeza.

—A mi madre no le gustaría que su hermano tratase así a su hijo, Zio.

Umberto arqueó una ceja.

–No intentes jugar con mis sentimientos.

Aquello exasperó a Leo, era imposible negociar con su tío.

–¿Qué quieres que haga para demostrarte cómo soy?

–Ya sabes lo que quiero. Lo mismo que le pedí a tu padre el día que enterró a mi hermana.

Leo se pasó una mano por el rostro. Ya había tenido el presentimiento de que iban a terminar así.

–El *castello* es mi derecho de cuna.

–Se construyó con sangre Lucchesi. Mi familia tiene más derecho a poseerlo.

–Me estás pidiendo que me deshaga del lugar que fue mi casa durante casi toda mi niñez.

–¿Si tanto valor sentimental tiene para ti, por qué has permitido que se deteriore tanto? ¿Quieres formar parte de mi proyecto?, pues ya sabes lo que quiero a cambio.

Umberto volvió a entrar en la casa, dejando a Leo solo en la terraza, con la única compañía del sonido de las olas al romper.

Tanto silencio lo ponía de mal humor, y se alegró de que Dara saliese a buscarlo unos segundos después.

–¿Qué tal ha ido? –le preguntó.

–Tal y como había imaginado –admitió, encogiéndose de hombros–. Me ha dejado claro lo que quiere para negociar conmigo.

–¿Y puedes hacer algo al respecto? –volvió a preguntar Dara inocentemente, tendiéndole una copa de vino.

–Complicaría mucho las cosas. Y disgustaría a algunas personas.

Pensó en la cara que pondría Dara cuando le contase cuáles eran sus planes para el *castello*. La había oído hablar por teléfono con su cliente, confirmándole los detalles del contrato. Después de haberle ofrecido a Dara la solución a todos sus problemas, ¿cómo le iba a decir que ya no podía ser?

El acuerdo tenía algunas lagunas legales a favor de Leo, ya que este ya se había temido aquello. Había sabido que existía la posibilidad de que Umberto utilizase el proyecto Isola para pedirle el castillo, pero no había pensado que le importaría que esto afectase a Dara.

Esta lo miró, pensativa.

–Deseas tanto cerrar ese trato que hasta has accedido a lo de mi evento. No entiendo qué puede ser tan importante como para que ahora te eches atrás.

Leo supo que Dara no tenía ni idea de qué estaba hablando, pero pensó que tenía razón. No se conocían lo suficiente como para tener los sentimientos de Dara en cuenta. No tenía motivos para sentirse culpable. La incapacidad de alquilar el *castello* le causaría problemas, pero él se lo recompensaría. Se aseguraría de reducir sus pérdidas económicas.

No se lo diría todavía. Esperaría al menos a haber tomado la decisión.

Dara se dio cuenta de que Leo estaba muy serio mientras subían a la limusina. Había sido una velada muy larga de conversaciones educadas, la clase de conversaciones que solían surgir cuando había tensión en el ambiente. La picardía que solía formar parte de

Leo se había visto reemplazada por una distancia siniestra.

Ella se preguntó qué le habría hecho cambiar de humor y deseó que Leo rompiese el silencio con algún comentario inapropiado. Ella se había pasado toda la noche dándole vueltas a los motivos por los que no debía atravesar el salón y meterse en su cama. Había sido una tortura, ya que todo su cuerpo anhelaba que cediese y disfrutase de cómo la hacía sentirse Leo.

—No dejas de mirarme —comentó este—. ¿Tienes algo que decir?

Dara arqueó las cejas ante la brusquedad de su tono.

—Solo me preguntaba por qué, de repente, estás ahí sentado como si fueses un niño petulante.

—Ahora no estoy de humor —le advirtió él.

—Qué tú te comportes como un idiota está bien, pero no te gusta que nadie te moleste, ¿verdad? —dijo ella riendo, intentando aligerar el ambiente.

—Si recuerdo bien, anoche dijiste que, cuando se terminase la farsa, no querrías más juegos. ¿O es que ya se te ha olvidado?

Dara sintió calor en las mejillas. ¿Cómo se le iba a olvidar la noche anterior? El recuerdo de su boca devorando la de ella, de sus manos entre los muslos, la había mantenido en vela casi toda la noche. No había podido dormir, sabiendo que lo tenía tan cerca, confundida por un repentino e intenso deseo. No era así como solía reaccionar ante los hombres, no desde que había tomado la decisión de no volver a estar jamás con uno.

Cuando tenía cerca a Leo, no podía ni pensar ni resistirse a la tentación que este le ofrecía.

—Como te he dicho, no estoy de humor para juegos

–repitió Leo mirando por la ventana, ajeno a la naturaleza de los pensamientos de Dara.

–¿Y si no estoy jugando? –le preguntó ella en voz baja, sin pensarlo–. ¿Y si resulta que he cambiado de opinión?

Él la observó un instante y, con toda naturalidad, apoyó una mano en su muslo.

–Me parece que vas a tener que decírmelo más claro, *carina*. No sea que esté malinterpretando tus palabras.

Con dedos temblorosos, Dara puso la mano encima de la suya. Se la sujetó allí. Aquello era una locura. Se suponía que debía alejarse, hacer un comentario irritante o darle la espalda. No agarrarle la mano como si fuese una mujer juguetona.

Ese era el problema, que se sentía juguetona.

Se sentía más sexual que en toda la relación que había tenido con su ex. Con Dan había habido respeto mutuo, cariño.

Aquello era deseo.

Leo estaba completamente inmóvil, observando su reacción. Dara sintió su mirada, abrasándola, y dejó de pensar, lo agarró del cuello de la camisa y apretó los labios contra los suyos.

Capítulo 5

LEO perdió el poco control que le quedaba envuelto en una ola de calor, pasó las manos por su cuerpo y la besó. Toda la frustración contenida se descargó entre ambos mientras Dara lo agarraba del pelo y él inclinaba la cabeza para besarla en el cuello.

Empezó a desabrocharle la blusa y sintió que Dara dudaba.

En silencio, la miró con una ceja arqueada.

Ella, como respuesta, volvió a besarlo. Leo gimió suavemente y la sentó en su regazo, apretándola contra su cuerpo y levantándole la falda para poder acariciarle los muslos.

—Dios, eres perfecta.

Tomó ambos pechos con las manos y se los masajeó con cuidado. Levantó las caderas para pegarse más a su cuerpo y Dara dio un grito ahogado. Leo ya podía sentir la humedad entre sus piernas. Estaba caliente y muerta de deseo por él.

—No deberíamos estar haciendo esto aquí atrás —le dijo Dara entre dientes—. El conductor podría vernos.

Él ignoró su comentario y volvió a apretar el cuerpo contra el de ella, sonreír al oírla gemir.

–A mí me parece que estás disfrutando a pesar de correr ese riesgo.

–Sí... –murmuró Dara, cerrando los ojos para sentir mejor cómo Leo se movía contra su cuerpo.

Este se sintió triunfante al verla perder el control y ceder al placer. Le bajó el sujetador y dejó al descubierto sus pechos.

–Preciosos... –murmuró, tomando un pezón erguido con la boca y después el otro.

La limusina llegó a un terreno más árido y sus cuerpos se movieron juntos con las vibraciones del coche mientras Leo la devoraba como si Dara fuese el postre. La erección de Leo estaba pegada a la parte más íntima de Dara, y la fricción era una deliciosa tortura para ambos.

Leo casi no oyó jurar a Dara, sintió que se ponía tensa mientras le mordisqueaba suavemente un pezón. Su repentino orgasmo pilló a ambos por sorpresa. Ella se dejó caer sobre su cuerpo mientras intentaba recuperar la respiración.

–*Dio*, ha sido la cosa más erótica que he visto en toda mi vida –murmuró Leo, recorriendo su cuello a besos.

Dara se sentó a horcajadas sobre él y lo abrazó por el cuello. Leo cambió de posición, consciente de que su durísima erección seguía empujando insistentemente la ropa interior de Dara.

Esta se echó hacia atrás, todavía tenía las mejillas encendidas por los efectos del orgasmo. Su tímida sonrisa era sobrecogedora. Leo la vio bajar la mano y apoyarla en la cremallera de sus pantalones y morderse el labio inferior mientras él respondía con un gruñido.

No podía soportar ver cómo la afectaba. Era como una droga. Después de haberla probado, Leo quería más. La idea de hacerla suya allí mismo, en el asiento trasero de la limusina, en la oscuridad, casi le hizo perder el control.

Pero hizo un gran esfuerzo para controlarse y puso la mano encima de la de Dara, que ya había empezado a bajarle la cremallera de los vaqueros.

Ella se quedó inmóvil, confundida.

—Estamos a punto de llegar al *palazzo* —le informó Leo, sonriendo ante su evidente decepción.

Sus esfuerzos por seducirla habían dado su fruto. Era suya. Y, no obstante, y aunque era algo que le ocurría en raras ocasiones, oyó la voz de su conciencia, que lo amenazaba con aguarle la fiesta.

Dara se bajó de su regazo y empezó a abrocharse la blusa blanca con dedos temblorosos. Tenía el pelo enredado sobre los hombros y la falda retorcida. Leo la había devorado en el asiento trasero de un vehículo en movimiento y, en esos momentos, a la manera de los Valente, estaba pensando en terminar de hacer lo que quería antes de rechazarla.

Cuando cerrase el acuerdo con su tío, Dara no querría volver a saber nada de él. Las palabras de Umberto Lucchesi retumbaron en su mente: era igual que su padre. La idea tuvo el mismo efecto que una ducha de agua helada.

La mirada de Dara fue seductora mientras subían juntos las escaleras de mármol del *palazzo*.

Él evitó su mirada.

—¿No vas a subir? —le preguntó ella, confundida al notarlo tan frío de repente.

Era evidente que había dado por hecho que iban a retomar su encuentro donde lo habían dejado.

No se daba cuenta de que Leo estaba teniendo que hacer un esfuerzo enorme para controlarse y no llevarla directamente a esa cama tan ridículamente erótica en la que dormía para pasar toda la noche haciéndole el amor. Dara tenía los labios henchidos por sus besos y el pelo deliciosamente alborotado. Y el sujetador de encaje volvía a tentarlo desde debajo de la camisa blanca.

–Tengo que hacer algunas cosas antes de que nos marchemos a Ragusa mañana.

Evitó sus ojos y le hizo un gesto al portero, que le dio las llaves de su Porsche. Un paseo le aclararía las ideas y le quitaría aquella ridícula sensación de culpa.

–¿Vas a tardar mucho? –le preguntó Dara.

Leo siguió andando en dirección opuesta y se negó a mirarla por miedo a cambiar de opinión.

–Nos veremos mañana en el desayuno, Dara. Qué duermas bien.

Hicieron el viaje a la provincia de Ragusa prácticamente en silencio, salvo durante la breve parada en un café de carretera para comer. En menos de tres horas habían llegado a las costas del mar jónico y, veinte minutos después, subían por una carretera costera y entraban en la pequeña ciudad aletargada de Monterocca.

Continuaron por una sinuosa carretera hasta donde los acantilados empezaron a descender y se empezaban a ver playas de arena y pequeños puertos pesqueros. Giraron en un cabo por última vez y Dara se quedó sin respiración. Era espectacular.

El castillo se alzaba sobre un promontorio rocoso, dominando el paisaje que lo rodeaba con sus altos torreones y sus imponentes murallas. Entraron entre unos pilares y Dara se sintió de repente cohibida por la grandiosidad del lugar.

Hasta el momento, solo había visto fotografías, unas fotografías que no tenían nada que ver con la realidad. Las paredes parecían tener brillos rosáceos en ciertas partes y los puntos más altos eran los torreones medievales. El camino central era largo y recto, y estaba descuidado, salvaje. En algunas zonas parecía que el coche iba a ser engullido por la maleza. Por fin llegaron a un amplio patio empedrado con una fuente circular en el centro. El estado de las estatuas que había alrededor era decrépito, a algunas les faltaban la cabeza, a otras, miembros enteros.

Dara salió del coche y levantó la vista hacia la majestuosa mampostería que decoraba la entrada. De cerca, se apreciaba muy bien el abandono que había sufrido el castillo. Algunas piedras de las paredes se habían caído, las ventanas estaban negras del polvo, y habían crecido malas hierbas en las grietas. No obstante, la sensación de estar rodeada de tanta historia era muy intensa.

—Este lugar es impresionante —suspiró, comentando después todos los detalles de la fachada.

Señaló una parte del edificio:

—Esa parte no es medieval, ¿verdad? —preguntó por curiosidad.

Sus conocimientos de arquitectura eran básicos, solía dejar los detalles históricos a los expertos en este tema.

Leo dio la vuelta al coche para ponerse a su lado. Se cruzó de brazos y se apoyó contra la puerta.

–Todo el edificio está hecho a trozos en distintas épocas. A mí nunca me ha parecido especialmente bonito.

Llevaba puestas las gafas de sol, pero Dara se dio cuenta de que su expresión era irónica.

–Supongo que tu actriz de Hollywood le gustará por sus llamativas imperfecciones, ¿no?

–En realidad, pienso que quiere casarse aquí porque la primera película que hizo trataba de un príncipe siciliano. La rodaron en Palermo, pero el castillo en cuestión ya no existe. Al parecer, este es bastante similar –le contó, encogiéndose de hombros–. En cualquier caso, cuando se trata de conseguir publicidad, no pongo pegas.

Él asintió con un gruñido y se sacó un juego de llaves del bolsillo. No volvió a articular palabra, seguía como distraído, igual que la noche anterior.

Entraron al castillo por la puerta principal y se encontraron en un recibidor cuyo techo tenía una altura de por lo menos tres pisos. Las ventanas estaban tan sucias que casi no entraba luz por ellas.

Leo le había contado que las únicas personas que se ocupaban en esos momentos de la casa eran una mujer del pueblo, Maria, y su marido, que llevaban a cabo tareas básicas. Dara tuvo la sensación de que se habían limitado a que el terreno no se llenase de malas hierbas y a que el polvo acumulado fuese el mínimo, teniendo en cuenta el tiempo que el castillo llevaba cerrado.

–Bueno, vamos a ello –dijo Leo bruscamente.

Dara sacó la tablilla que había llevado para tomar notas y se encogió de hombros al ver que Leo la miraba con curiosidad.

–Siempre tan eficiente –comentó él suspirando–. No te quedes atrás, o te vas a perder, créeme.

Sus voces retumbaron en las altas paredes de piedra mientras Leo le enseñaba la planta baja de la zona principal. Era un lugar enorme y Dara supo que se perdería si no seguía a Leo de cerca.

Pasó la mano por un aparador y miró las fotografías enmarcadas de un Leo muy joven, con el pelo rizado, los ojos verde esmeralda, sonriendo con malicia a la cámara.

Dara no pudo evitar esbozar una sonrisa al ver las fotos.

–No puedo creer que vivieses en un lugar así de niño. Debió de ser una gran aventura.

Él siguió su mirada y frunció el ceño.

–No fue en absoluto como te imaginas.

La condujo por un pasillo y le fue enseñando habitaciones, hablando en tono monótono y aburrido.

Subieron las magníficas escaleras y Dara redujo el paso detrás de su gruñón guía; quería ver el castillo bien, no a la velocidad de la luz.

Se detuvo cuando pasaron por delante de unas puertas dobles. Estaba segura de que conducían a otra zona del castillo.

–No me has dicho qué hay por aquí –dijo en voz alta al ver que Leo continuaba andando.

–Eso es privado, ven por aquí –le respondió Leo con impaciencia.

Ella frunció el ceño. Se suponía que iban a visitar

todo el castillo para ver qué había que renovar. ¿Cómo que aquella zona estaba prohibida?

—Esto está empezando a parecer un cuento bastante aburrido. ¿Ahí es donde vive la bestia? —dijo riendo, para intentar quitar un poco de hierro a la situación.

Leo estaba en la otra punta del pasillo, inmóvil, con una mano apoyada en una mesa auxiliar, esperando a que Dara lo siguiese. Ella se sintió frustrada. Leo había estado muy irascible toda la mañana, y desde que habían llegado al castillo había dejado de interactuar completamente con ella. Era evidente que aquello no le gustaba, pero Dara estaba decidida a hacer su trabajo, y a hacerlo bien.

—Necesito ver bien el castillo. Sin excepciones.

Giró el pomo de la puerta lentamente para ver cuál era su reacción. Leo no se movió al oír el chirrido de las bisagras al abrirse la puerta.

Dara pensó que le daba igual que no quisiese acompañarla, por ella, podía quedarse allí con su mal humor.

Agarró con fuerza sus papeles y se adentró en aquella misteriosa zona de la casa.

Leo se quedó inmóvil en el pasillo, escuchando el retumbar de las pisadas de Dara en su pasado. Le había dicho que no entrase allí, pero, cómo no, ella no le había hecho caso. Estaba obcecada en desenterrar todos los recuerdos de aquel lugar dejado de la mano de Dios.

Volver a ver el castillo no le había molestado tanto como había previsto. Después de doce años, todavía recordaba cada una de sus ventanas, cada grieta de la fachada. Se había prometido a sí mismo mantenerse emocionalmente frío y razonable. Al fin y al cabo, era un edificio, no un demonio. Había pensado enseñarle todo a Dara de una manera aséptica, organizar las renovaciones y, por último, encontrar el modo de disculparse por lo ocurrido la noche anterior.

Después de su encuentro con Umberto, y de lo que habían hablado acerca de aquel lugar, Leo había lamentado momentáneamente su decisión de seducir a Dara. La oferta de su tío era tentadora, pero si la aceptaba tendría que mentir y traicionar.

No tenía por qué preocuparse por hacerle daño a Dara. Tendría que haberse limitado a tomar lo que esta le había ofrecido, pero algo se lo había impedido y Leo se había pasado la noche conduciendo furiosamente por pequeñas carreteras costeras. Después, había vuelto al *palazzo* solo cuando había estado seguro de que Dara ya estaría dormida.

Se giró hacia las puertas por las que Dara había desaparecido. No iba a seguirla. Entrar allí habría sido demasiado y tenía suficiente con estar en el castillo. En aquel lugar había mucho más que sus recuerdos de niñez.

Oyó un ruido fuerte desde la otra punta del castillo, seguido de un grito de mujer, y se maldijo. «Dara», pensó, enfadado, mientras iba hacia el ala más grande del castillo y recorría el pasillo enmoquetado hasta llegar al gran dormitorio que habían compartido sus padres.

Dara estaba de pie encima de una de las sillas que estaban cubiertas por sábanas y miraba al suelo como si estuviese loca.

–Lo siento, pero había ratas encima de la cama –gimió, aferrándose a su portapapeles como si fuese un escudo–. Eran enormes.

Leo miró hacia la enorme cama con dosel que dominaba la habitación. Su madre la había hecho llevar de París y había presumido mucho de ella delante de sus amigas. Aquella cama había pertenecido a una reina. Así había sido su madre, siempre le había fascinado la realeza.

El peso de unos recuerdos reprimidos desde hacía mucho tiempo estaba empezando a hacer que perdiese la paciencia. Necesitaba salir de aquel castillo lo antes posible... antes de volverse loco.

–Te dije que no vinieras aquí –gruñó, viendo la sorpresa en el rostro de Dara–. Bájate de esa maldita silla. No hay ratas.

Dara bajó al suelo, todavía nerviosa, mirando a su alrededor.

–Había por lo menos tres. Han salido corriendo cuando se me ha caído el portapapeles al suelo... –balbució, mostrando la tablilla que agarraba con fuerza con ambas manos.

–Las ratas me dan igual. Es probable que este lugar esté infestado de todo tipo de bichos.

Se apretó con dos dedos el puente de la nariz e intentó frenar los recuerdos que amenazaban con devorarlo. Unos ojos marrones sin vida, clavados en la nada...

–Tendré que asegurarme de que se limpian todas las habitaciones antes de hablar con el restaurador –comentó Dara, ajena a su agitación interna–. Leo, ¿me estás escuchando? Tenemos que tomar nota de todos los detalles...

Se acercó más a él, que se giró de repente, sin previo aviso.

—Olvídate de los detalles por una vez y salgamos de esta maldita habitación —le espetó Leo con brusquedad.

Ella volvió a mirarlo sorprendida.

—Leo... siento si he dicho algo que te ha molestado.

—Estoy bien —respondió él entre dientes—. Tengo que buscar al ama de llaves. Puedes terminar de ver la casa sola.

Se dio la media vuelta y salió del dormitorio, y tuvo que hacer un esfuerzo para no huir corriendo de los fantasmas que azotaban su memoria.

No tenía que haber vuelto a aquel lugar. Le hacía sentir cosas que se había prometido que no volvería a sentir jamás, pero si estaba tan nervioso no era por culpa de Dara, y se dijo que tendría que recompensárselo cuando hubiese conseguido recuperar el autocontrol.

Después de pasarse tres horas catalogando todas y cada una de las habitaciones del *castello*, Dara pensó que necesitaba darse una ducha. Lo necesitaba urgentemente. De toda la casa, solo había tres habitaciones limpias y bien mantenidas, más la cocina, uno de los comedores y el salón que había en la planta baja. El resto de las habitaciones habían estado cerradas, con todos los muebles cubiertos por fantasmales fundas blancas.

No obstante, le había resultado mágico, ser la única persona que se paseaba por un lugar con tanto carácter. Leo se había marchado del castillo y el ama de llaves se había encargado de transmitirle a Dara su mensaje: que cenarían a las seis. Su huida no la había perturbado. Había disfrutado haciendo su trabajo sola. Aquel sitio tenía tantas posibilidades que estaba feliz. Escogió uno de los dormitorios que tenía baño para darse una ducha de agua caliente y quitarse todo el polvo de encima.

Podría organizar bodas allí a lo largo de todo el año, fuese cual fuese la estación, se dijo mientras se secaba el pelo con una toalla frente el tocador que había junto a la cama. En verano serían al aire libre, con vistas a los acantilados... Y en invierno, en el salón de baile, a la luz de las velas. A Dara le encantaba su trabajo y sabía que podía hacer que aquel *castello* volviese a ser un lugar maravilloso, que podía devolverle la vida. Y eso haría que no solo se la conociese por haber organizado la boda del año, sino también por tener los derechos exclusivos de uno de los lugares más codiciados del país.

Después de ponerse un sencillo vestido negro y unos tacones, se dirigió al comedor.

Encontró a Leo junto a la chimenea y lo vio dar un paso al frente al verla llegar.

—Me alegro de que hayas vuelto —le dijo con toda naturalidad, decidida a no permitir que notase cuánto la afectaba su frialdad.

Él la ayudó a tomar asiento al final de una mesa ridículamente larga.

—Espero que tengas apetito. Maria se ha superado a sí misma.

Estaban sentados el uno al lado del otro, mucho más conveniente que cada uno a un extremo de la interminable mesa.

–Qué ambiente tan íntimo para una cena sin importancia –comentó Dara mientras se servía una copa de vino y se fijaba que las dos lámparas de araña que había en la habitación estaban encendidas.

El efecto era muy bonito, y extrañamente romántico.

–Solo falta un violinista y podría sentirme como una aristócrata de verdad –bromeó.

–Tomo nota –respondió Leo, sonriendo mientras Maria empezaba a servirles de una bandeja de marisco variado.

A las deliciosas almejas con limón siguió un *pesce spada* con verduras asadas al horno. Desde que había ido a vivir a Sicilia, el pez espada se había convertido en el pescado favorito de Dara.

Charlaron acerca de las ideas de esta para volver a poner en funcionamiento el castillo y Leo la escuchó atentamente. Cuando el ama de llaves se llevó los platos, Dara había saciado su apetito y se sentía satisfecha.

Leo terminó su copa de vino, le dio las gracias a Maria por su trabajo y rechazó el postre. Ambos convinieron que el ama de llaves podía marcharse a casa a pasar la noche después de haber preparado una cena tan espectacular.

Una vez a solas, Leo se inclinó hacia delante en su silla y miró a Dara con los ojos verdes más oscuros de lo habitual.

–Quería disculparme por mi comportamiento, Dara.

–No tienes por qué pedirme disculpas. Ambos tenemos derecho a cambiar de opinión.

–¿Eso es lo que piensas que ha ocurrido? –preguntó él, negando con la cabeza–. Dara, mírame. No he cambiado de opinión acerca de nada. En absoluto. Es solo que tengo la sensación de haberte coaccionado. De haber sido duro contigo.

Aquello la animó. Leo no la había rechazado. Aunque sí que era cierto que la había tratado con mucha acritud.

–Soy una mujer adulta, capaz de tomar mis propias decisiones, ¿sabes? Si no hubiese querido... ya sabes... si no lo hubiese querido...

Él se echó a reír.

–Me temo que lo he hecho fatal.

La miró fijamente a los ojos antes de ponerse en pie.

–Quiero enseñarte la playa antes de que anochezca. ¿Te apetecería dar un paseo conmigo?

Dara dudó, bajó la vista a sus zapatos.

–Estamos en octubre...

–Vamos solo diez minutos, a disfrutar de la puesta de sol. No pasarás frío. No te niegues los pequeños placeres de la vida. No hay por qué estar siempre haciendo cosas importantes.

Dara siguió a Leo a través de la cocina y bajaron unas escaleras que había en la parte trasera del castillo. El jardín se iba quedando a oscuras por minutos mientras lo atravesaban en dirección al mar.

Leo se quitó los zapatos y lo dejó en lo alto de las escaleras de piedra. Luego se giró hacia ella:

–Venga, haz algo espontáneo por una vez.

–No soy tan rígida como piensas –respondió ella, quitándose los delicados zapatos de tacón.

Después se agarró a su brazo y bajaron las escaleras hacia la playa que había a los pies del acantilado.

Le daba miedo la altura, pero Leo le estuvo agarrando la mano con fuerza hasta que llegaron a la zona de la arena.

—Mi tutor me traía aquí en ocasiones para dar las clases de ciencias –le contó este, tomando una pequeña piedra del suelo y lanzándola al agua–. Era el hombre menos interesante que he conocido en toda mi vida.

Dara se sintió intrigada por aquella repentina decisión de hablarle de su niñez.

—¿No ibas al colegio?

—Para mi padre, los colegios de la zona eran demasiado mediocres. Pensaba que tanto él como su familia eran mucho más importantes. Así que yo tenía muchos tutores, que me daban clase en el castillo.

—Debías de sentirte muy solo.

—No conocía otra cosa –admitió Leo, encogiéndose de hombros–. Así era mi vida.

Dara se imaginó al niño que había visto en las fotografías vagando solo por los jardines del castillo.

—¿Y a tu madre le parecía bien?

Leo echó a andar en dirección a un pequeño puerto deportivo.

—Mi madre no solía opinar de casi nada.

Dara lo siguió.

—Hoy te has enfadado bastante cuando he entrado en su habitación.

—No me gusta hablar de mi historia familiar –le dijo Leo.

—Lo comprendo.

Dara lo entendía demasiado bien.

Vio cómo Leo avanzaba por la pasarela de madera. Al final había un barco muy deteriorado atado a un poste, era increíble que no se hubiese hundido todavía.

Leo limpió una parte del muelle para que pudiesen sentarse a ver a puesta del sol.

–¿Y tú, Dara? ¿También tienes fantasmas del pasado?

Ella se encogió de hombros.

–Supongo que todo el mundo tiene momentos o personas del pasado que dan forma a su futuro.

–Qué manera tan educada de evitar responder a mi pregunta.

–No tengo ningún secreto oscuro, si es eso lo que quieres saber. No he vivido ningún acontecimiento traumático.

Él la miró un instante.

–Entonces, ¿qué te hizo alejarte de esa vida tan perfecta y feliz?

–Mi carrera me trajo aquí y decidí quedarme.

–Lo que no has hecho ha sido reemplazar a tu exprometido, ¿no? ¿Tan mal terminó la relación?

–Son pocas las relaciones que terminan y terminan bien.

Dara jugó con el dobladillo de su vestido, se sentía incómoda con aquel tema de conversación.

–¿Por qué decidiste que no querías casarte con él? –insistió Leo.

Ella suspiró y se encogió de hombros. Era evidente que Leo iba a seguir interrogándola, así que lo mejor sería darle algo de información.

–Dan era un médico de mucho éxito, un cirujano que gozaba de gran prestigio. De lo mejor de su campo. Y me dejó muy claro cómo quería que fuese su vida familiar. Ya sabes... quería tener a su esposa esperándolo con la cena servida, dos niños encantadores a los que darle un beso de buenas noches. Lo tenía todo planeado, incluido el nombre del golden retriever que íbamos a comprar.

–Pues sí que parece que estaba bien planeado. Yo diría que erais tal para cual.

–Supongo que, en teoría, sí. También era lo que yo quería. Pensaba que era lo que nos podía hacer felices a los dos, pero, al final, no pude cumplir con todos sus requisitos.

–¿No querías tener perro? –bromeó Leo.

Dara sintió que se le cortaba la respiración, el recuerdo de aquel día en el hospital la golpeó.

–No podía darle hijos.

Leo dejó de sonreír.

–¿Y eso era un problema para él?

Ella asintió.

–Lo supe cuando llevábamos prometidos algo más de un año. Tres meses antes de casarnos. Había estado encontrándome mal y fui al hospital a hacerme unas pruebas. Los médicos estaban preocupados, sospechaban que tenía algo malo.

Dara recordó el miedo que había sentido ante la incertidumbre inicial. Tenía solo veintitrés años. Los médicos no habían pensado que una menopausia prematura podía ser la causa de sus dolores de cabeza crónicos, del insomnio, de los sofocos. El día que el médico le comunicó que se estaba quedando estéril y que no había marcha atrás...

–Al principio, cuando se lo conté a Dan, se mostró comprensivo. Quiso informarse acerca de todos los detalles, consultar con algunos de sus colegas. Intentamos salvar algunos óvulos, pero ya era demasiado tarde.

Leo puso una mano sobre la suya y Dara contuvo las ganas de apartarla. Iba a compadecerla, lo mismo que había hecho su familia. La pobre Dara y su cuerpo infértil.

Se levantó rápidamente y se sacudió la arena del vestido con movimientos bruscos.

—¿Qué pasó con tu prometido? —preguntó Leo, poniéndose en pie también y mirándola con cautela, como si tuviese miedo a que Dara saliese corriendo.

—¿Tú qué crees? —replicó Dara sacudiendo la cabeza y riendo con amargura—. Quería una esposa que pudiese procrear. Así que la situación estaba clara.

—¿Te dejó por eso? Vaya cerdo insensible —comentó Leo furioso.

Dara suspiró y clavó la vista en el cielo de color rojizo. Leo no entendía lo difícil que había sido el mes posterior al diagnóstico. Había sufrido continuos dolores de cabeza y se había sentido agotada. Además, el sexo había sido tan doloroso que habían dejado de tenerlo. Había sido como si toda traza de su feminidad hubiese muerto en el hospital aquel día, junto con su esperanza de ser madre algún día.

Tumbada en la cama del hospital, había oído a Dan hablando con su padre entre susurros. Los dos hombres que se suponía que más la querían habían dicho que era tan estéril como el desierto y que era una pena que fuese tan bella... como si aquello fuese negativo.

Leo parecía horrorizado.

—¿El tal Dan trataba a todas las mujeres como a un trofeo, o solo a ti?

–Tenía su vida planeada. Yo también. Así que decidí darle la oportunidad de reconsiderar su decisión. Sabía que para él no era fácil estar conmigo. Además, yo estaba muy irritable y no tenía ningún interés en el sexo. Si hubiese seguido conmigo, jamás habría podido tener un hijo de manera normal.

–Como he dicho... me parece un insensible –afirmó Leo, mirándola fijamente a los ojos–. Tú no tienes la culpa de que la naturaleza te hiciese eso. No tenían que haber hecho que te sintieses inferior.

–Yo nunca había pensado en formar una familia, la verdad, pero imagino que sí que había dado por hecho que algún día tendría hijos. Ahora que ya no puedo elegir, he decidido centrarme en mi carrera.

Se estaba abrazando sola y Leo sintió ganas de rodearla con sus brazos también, pero se contuvo. Por fin entendía que fuese tan ambiciosa, tan determinada y seria. Se había metido completamente en el trabajo, se había mudado a otro país, y todo para huir de un pasado doloroso. En cierto modo, se parecían bastante.

La conversación que acababan de mantener había sido demasiado profunda para dos personas que, prácticamente, se acababan de conocer.

Dara lo miró. Su expresión era serena, reflexiva.

–Lo siento, no tenía que haber permitido que esto se volviese tan personal.

–No te disculpes conmigo, Dara, jamás –la contradijo Leo, acercándose más–. No por algo así. Y no permitas que nadie piense que eres menos mujer que otras.

–Tal y como fueron las cosas con Dan, pensé que estaba destinada a quedarme soltera para siempre, pero entonces llegaste tú y vuelvo a sentirme... sensual. Casi me siento normal.

–Para mí, lo que sentimos cuando nos tocamos no tiene nada de normal –respondió Leo, excitándose al ver a Dara morderse el labio inferior–. En estos momentos lo único que quiero es llevarte a la cama más cercana y hacerte el amor hasta que te olvides de todo.

–Oh... –susurró ella con la voz ronca por el deseo–. Debería estar en shock, después de semejante declaración...

–Pero no lo estás, ¿verdad? –le preguntó Leo, acercándose todavía más y apretando su cuerpo al de ella para que se diese cuenta de cuánto la deseaba.

–No. Quiero que me hagas tuya aquí mismo, en la playa –le pidió Dara sin más, esbozando una sensual sonrisa.

Leo le dio un beso apasionado, de repente, ya no podía pensar en seducirla poco a poco. La besó hasta quedarse sin aliento, dejando sus labios henchidos, rosados.

La tomó de la mano y se dirigió hacia las escaleras.

–Me gustaría estar contigo en una cama al menos una vez. No quiero que pienses que soy un bárbaro.

Le guiñó un ojo y la tomó en brazos antes de que a Dara le diese tiempo a protestar.

–No, no eres un bárbaro –comentó riendo mientras subía las escaleras de dos en dos.

Capítulo 6

LEO la dejó en el centro de su habitación. A pesar del ejercicio físico, solo tenía un poco acelerada la respiración.

–Esta noche no vamos a parar –le advirtió mientras se quitaba la camisa.

Ella empezó a desabrocharse el vestido con manos temblorosas de la emoción mientras Leo se bajaba la cremallera de los pantalones vaqueros. Se quedó inmóvil, observándolo, con la boca completamente seca al ver sus musculosos abdominales, la capa de vello oscuro que cubría su pecho y bajaba hacia el estómago formando una perfecta línea.

–¿Te vas a quedar ahí mirándome o te vas a desnudar tú también? –le preguntó él.

–Calla y bésame –gimió Dara, abrazándolo por el cuello y disfrutando de la sensación de volver a tener sus labios.

Pero no era suficiente. Pasó las manos por sus hombros y sintió cómo los músculos se endurecían bajo sus caricias.

Leo empezó a acariciarla también, pasó la mano por su cuello, bajó a los pechos. Y la apretó contra la puerta que tenía justo detrás. Ella se sintió aprisionada entre la madera y el cuerpo fuerte de Leo y volvió a gemir.

Leo le desabrochó el vestido y se lo bajó para que cayese al suelo. Y Dara se quedó solo con el sencillo sujetador blanco y un tanga de encaje. Ella disfrutó al ver que Leo la miraba con apreciación.

Le quitó el sujetador y besó sus pechos antes de bajar con las manos por el abdomen lentamente. Entonces, se arrodilló sin más.

Dara se quedó inmóvil un instante al notar sus labios en la ropa interior. Había intentado aquello una vez en el pasado y no le había gustado la sensación. Así que se preguntó si debía hacer que Leo se pusiese en pie, pero entonces notó que este echaba la tela a un lado.

Notó su boca en el sexo, su lengua acariciándola despacio, con firmeza, y sintió que se derretía. Lo que estaba sintiendo con los besos y las caricias de Leo no era comparable a lo que había sentido en la otra ocasión. No se sentía expuesta... sino venerada.

El orgasmo fue creciendo lentamente, de manera casi dolorosa. Tenía la sensación de que todo su cuerpo estaba a punto de explotar. Se dejó llevar y disfrutó del momento, y murmuró con satisfacción cuando los temblores se empezaban a calmar.

Aquello volvió loco a Leo, que se incorporó y enterró los dedos en su pelo mientras le metía la lengua en la boca. Estaba ansioso. Su lengua sabía a ella y eso excitó a Dara todavía más.

Lo necesitaba en ese momento, si no, iba a explotar. Y él pareció entenderla, porque tiró hacia abajo de la única prenda que llevaba puesta y la dejó caer al suelo.

Con los ojos cerrados, rugió mientras Dara le bajaba los calzoncillos. Estaba completamente duro, excitado. Dara tomó su erección con la mano y notó cómo a él se le cortaba la respiración y gemía en voz baja. Los dos tenían la respiración entrecortada y estaban impacientes. Leo se quitó la ropa interior y levantó una de las piernas de Dara para ponérsela alrededor de la cintura.

Esta necesitaba tenerlo dentro. No podía esperar más. Arqueó las caderas hacia él y sintió el calor y la dureza de su erección entrando en ella con determinación, pero despacio. Leo la besó en el cuello y se retiró, luego volvió a penetrarla y agarró su cadera para que lo abrazase con las dos piernas.

Ella entendió el frenético movimiento de sus caderas, sentía la misma ansiedad que estaba consumiendo a Leo. Necesitaba más, mucho más.

Tenía la espalda apoyada en la pared mientras él hacía maravillas entre sus muslos, y Dara volvió a notar que una deliciosa tensión crecía en su interior. Leo respiraba con dificultad contra su cuello mientras lamía y mordisqueaba su piel, y ella tenía los dedos enterrados en su pelo.

De repente, la apartó de la pared y dio un par de pasos. Dara esperó a que la dejase caer sobre la cama y se mordió el labio al notar la superficie suave del escritorio de madera sin que se rompiese el contacto íntimo entre ambos. La mirada de Leo se estremeció al ver el gesto de sorpresa de Dara, volvió a moverse en su interior, en esa ocasión con las manos en sus pechos, acariciándole los pezones con las puntas de los dedos y volviéndola todavía más loca.

–Venga, así... Déjate llevar otra vez –le pidió Leo, observando cómo disfrutaba ella con cada empellón.

Dara negó con la cabeza. Estaba muy cerca del orgasmo... a punto... pero no conseguía llegar. Como si le hubiese leído la mente, Leo metió un dedo entre sus cuerpos y la acarició.

A Dara se le iluminó la mirada mientras su cuerpo estallaba por dentro. Los movimientos de Leo se volvieron más rápidos y fuertes, y se agarró a sus caderas cuando el orgasmo lo golpeó.

Leo dejó de moverse y el cuerpo de Dara empezó a volver a la normalidad, casi ni notó el peso de la cabeza de Leo sobre sus pechos desnudos. Ambos estuvieron en silencio unos segundos mientras recuperaban la respiración. Ella pensó que se caería al suelo si intentaba moverse de allí.

Leo la besó entre los pechos antes de levantar el rostro para mirarla. Sus ojos verdes se clavaron en los de ella con un calor tan intenso que podría haber derretido una plancha de metal.

–Pensé que en esta ocasión íbamos a llegar a la cama –murmuró, pasando las manos lentamente por sus pechos para apoyarlas en el abdomen.

Dara se estremeció y sonrió. Era una sonrisa de total satisfacción.

A pesar de que todavía tenía mucho calor, Dara se dio cuenta de repente de que estaba desnuda. Se puso recta y apoyó los pies en el suelo mientras todavía notaba el cuerpo de Leo apoyado en el suyo. Aquello era una locura... Acababan de terminar y este la estaba besando otra vez, acariciándola de nuevo. Nunca la habían saboreado de aquella manera... como si su piel fuese irresistible.

–No puedo pensar con claridad –murmuró Leo,

apoyando la frente en la suya–. No puedo dejar de to-
carte.

Se quedaron inmóviles un momento, mirándose.
Leo tomó su mano y la llevó muy despacio hasta el
cuarto de baño que había en la habitación. Entraron en
la ducha y tocó los grifos hasta que la temperatura del
agua fuese agradable.

Luego, la tomó entre sus brazos mientras el agua
caía sobre ellos y Dara suspiró y apoyó su cuerpo en
el de él. La sensación que le causó el contacto de ambas pieles, calientes y mojadas, era muy erótico.

Leo tomó un bote de champú y se puso primero en
su pelo y después en el de ella. Pasó las manos por el
cuerpo de Dara, que estaba relajado. Ella, que había
pensado que no podía sentirse mejor, se dio cuenta de
que se había equivocado.

Las manos llenas de jabón de Leo recorrieron todo
su cuerpo y después se detuvieron para hacerla echar
la cabeza hacia atrás y enjuagarle el pelo. Mientras lo
hacía, la besó suavemente en el cuello. Dara se frotó
contra él y sintió su erección.

–¿Sabes? Hay algo que no he hecho nunca... –le
dijo, intentando evitar que le temblase la voz.

–¿Sí...? ¿El qué? –le preguntó él sin dejar de besarla en el cuello mientras masajeaba con cuidado la
piel de su trasero, pegados el uno al otro bajo el chorro
de agua de la ducha.

Dara rompió el contacto entre ambos y lo miró fijamente a los ojos.

–Siéntate –le ordenó, haciendo un gesto hacia el
banco que había a lo largo de la pared de la ducha.

Leo arqueó las cejas, pero obedeció y se sentó. Ella

lo miró y pensó que aquella tenía que ser la imagen más erótica que había presenciado en toda su vida. La piel morena y mojada de Leo contrastaba con las baldosas blancas de la pared. Tenía el pelo mojado y los rizos caían alrededor del rostro, enmarcando sus facciones. Dara se cernió sobre él y se dio cuenta de que le excitaba la idea de tener aquel poder sensual sobre un hombre.

Se puso de rodillas, se colocó entre sus piernas y vio su gesto de sorpresa. Apoyó las manos en sus muslos y notó cómo sus músculos respondían contrayéndose. Luego tomó su erección con la mano y empezó a subir y bajar la mano por la suave piel.

Era la primera vez que le dejaban hacer aquello y Dara tenía la sensación de estar haciendo algo prohibido. Se dio cuenta de que la respiración de Leo se había acelerado y se inclinó hacia delante para tocarlo con la punta de la lengua. Él arqueó la espalda y tomó aire.

—¿Te gusta? —le preguntó ella con cautela.

Él se echó a reír.

—Por supuesto que me gusta.

Leo enterró los dedos en su pelo y presionó suavemente la nuca de Dara mientras esta lo besaba de manera más profunda. Él gimió de placer y ella aceleró el ritmo y le encantó oírlo gemir otra vez.

De repente, Leo tiró de ella para levantarla y sentarla en su regazo. Ella lo abrazó por el cuello y notó cómo la penetraba fácilmente.

—¿Te das cuenta de lo que me haces? —le preguntó Leo mientras Dara empezaba a moverse encima de él.

Estar encima le dio la sensación de ser la que estaba al mando de la situación, de ser la que controlaba el placer del que estaban disfrutando los dos. Y solo de pensarlo se puso casi al límite. Balanceó las caderas hacia delante y hacia atrás y gimió cuando Leo la agarró con fuerza por las caderas para ayudarla a moverse todavía con mayor rapidez.

–No pares –murmuró Leo, pasando sus manos por el trasero de Dara y subiendo después por la espalda mientras recorría su cuello con apasionados besos.

Ella volvió a sentir que estaba al borde del orgasmo y supo, por el frenético latir del corazón de Leo, que él estaba igual. Aminoró la velocidad de los movimientos y se dio cuenta de que Leo estaba a punto de perder el control. Entonces, con un último empujón, se apoyó en el cuerpo de Leo y dejó que el suyo propio se sacudiera por dentro.

Se despertó al oír un ruido extraño que había irrumpido en sus sueños y tardó un momento en reconocer el lugar desconocido en el que estaba. Entonces miró a su lado y se dio cuenta de que estaba sola en la enorme cama.

Las sábanas estaban arrugadas y enmarañadas tras los acontecimientos de la noche anterior. Eran innumerables las veces que habían hecho el amor a lo largo de la noche. Leo tenía un apetito insaciable. Las cortinas de gasa que rodeaban la cama se balancearon con la brisa y Dara aspiró el olor a naranjas y a sal del mar.

Se sentía inmensamente satisfecha y sonrió. Luego, salió de la cama casi de un salto y fue a mirar por la ventana. Las olas golpeaban los arrecifes que había a los pies del castillo. No iba a arrepentirse de lo ocurrido la noche anterior, volvía a sentirse feliz, atractiva y sensual, y no tenía ningún motivo para avergonzarse. Sin darse cuenta, Leo le había hecho un regalo maravilloso.

Al abrir la puerta del dormitorio, Dara olió a humo e, instintivamente, echó a correr descalza por el suelo de mármol. Llegó a la cocina justo a tiempo de ver a Leo tirando una cafetera humeante en el fregadero mientras juraba entre dientes.

—¿Va todo bien? —le preguntó ella, fijándose en que había granos de café tirados por la encimera y también por el suelo.

Era como si un niño hubiese querido jugar a ser cocinero.

—No, no va nada bien. Es la segunda vez que se me quema el café —protestó—. Al parecer, Maria no entra a trabajar hasta las doce. ¿Qué sentido tiene contratar a un ama de llaves si no está en casa a la hora del desayuno?

Con el ceño fruncido, vació el contenido de la cafetera y miró dentro de esta.

Dara se acercó a su lado y miró también. La parte baja de la cafetera estaba cubierta por una capa de granos de café quemados. Leo se había equivocado al poner el agua y el café.

—¿Nunca habías preparado café?

Él frunció el ceño todavía más.

—No puede ser tan difícil, ¿verdad?

—Eres realmente un playboy mimado —comentó ella riendo.

Luego le quitó la cafetera de la mano y la metió en agua fría.

–Veo que has descansado bien –respondió él, sonriendo y colocándose a su espalda.

Dara intentó comportarse con naturalidad, pero no sabía cómo se suponía que debía actuar. ¿Esperaría Leo que se marchase de allí justo después de desayunar? En realidad, no tenía por qué quedarse más, podía organizar las renovaciones por teléfono.

De repente, se sentía muy insegura.

–Es la primera vez que me acusan de ser un mimado –admitió riendo.

Hizo que Dara se girase y le dio un apasionado beso. Leo gimió contento y bajó las manos para acariciarle el trasero.

–Buenos días... –añadió sonriendo.

–Buenos días a ti también –respondió ella, sintiéndose un poco menos tensa, pero todavía insegura acerca de su papel allí.

Leo fue a sentarse frente a la barra de desayuno.

–No te pongas tan cómodo. Voy a enseñarte cómo se prepara café. No pienses que te lo voy a hacer.

Le enseñó paso a paso a llenar la base de la cafetera con agua y a colocar el café en la parte superior. Él la miró triunfante y sonrió al aspirar el aroma del brebaje oscuro que empezaba a subir.

Dara preparó una bandeja con comida y platos para sacarlo todo a la terraza. Allí había una mesa y sillas para desayunar, protegida del sol de la mañana por un toldo.

Leo dejó dos tazas de humeante café encima de la mesa.

–Enhorabuena. Ya eres autosuficiente –lo aplaudió.

Leo se sirvió un delicioso trozo de *brioche*.

–Siempre he sido autosuficiente –argumentó, dando un bocado a su desayuno–. Es solo que prefiero pagar a alguien para que me sirva el café por las mañanas.

–Pagar a alguien para que haga las cosas por ti no es lo mismo que ser autosuficiente. Que terminar basándote en tu calidad de vida para mantenerte a flote.

Él dejó de comer y la miró por encima de la taza de café.

–¿Y tú, Dara? ¿En quién te apoyas?

Esta se quedó pensativa un momento y después se encogió de hombros.

–¿Sinceramente? En nadie. Me gusta sentirme independiente, así que lo hago prácticamente todo yo sola.

–¿Tu familia te apoya en la decisión de vivir tan lejos?

Dara dio un bocado a un trozo de pomelo y aprovechó el tiempo para reflexionar la respuesta. Su familia era la menos unida y comprensiva que conocía, pero no quería abrir su corazón con él a ese respecto. Pensó en su padre y en su lógica estoica y machista. Él habría preferido que Dara se hubiese dedicado a formar una familia a que se dedicase a su carrera.

De repente, se imaginó a varios niños de pelo moreno sentados a aquella mesa. Su padre los miraba de manera indulgente. Un padre que, casualmente, tenía los ojos verdes. Dara sacudió la cabeza e intentó apartar aquellos pensamientos de su mente. Para ella la familia no era importante. Ya no. Prefería no darle vueltas a cosas que jamás podría tener.

Levantó la vista de la fruta y se dio cuenta de que Leo todavía estaba esperando a que le diese una respuesta.

–Mi familia no está demasiado unida. Tal vez para algunas personas eso sea algo malo, si lo comparamos con las grandes familias italianas, pero a mí me ayuda a centrarme en mi carrera. Mis padres me envían una tarjeta en Navidad y en mi cumpleaños, y yo hago lo mismo. Para nosotros es suficiente –le explicó, encogiéndose de hombros.

–No te estoy juzgando, créeme. No soy la persona adecuada para hablar de valores familiares. Ni siquiera tengo una casa.

–¿No? Yo pensaba que tenías toda una colección de lujosos áticos repartidos por todo el mundo.

–Tengo muchas propiedades, por supuesto. En París, Barcelona, Nueva York, en todas partes. En su mayor parte, apartamentos dc lujo, pero no es lo mismo que tener un hogar.

Leo estaba sentado cómodamente en su silla, con la vista clavada en el océano.

De repente, Dara sintió curiosidad.

–Y si no tienes un hogar, ¿dónde vives?

–En ningún lugar en particular. Me quedo donde mi trabajo me lleve. Es lo más práctico –respondió Leo, terminándose el café y dejando la taza encima de la mesa.

Dara se encogió de hombros y admiró también las vistas. Tenía la sensación de que había algo más. No era normal que un hombre viviese en habitaciones de hotel solo porque era lo más práctico.

Leo se levantó. Decidió desviar el tema de conversación tomando a Dara entre sus brazos.

Esta apoyó una mano en su pecho para mantener las distancias y que no pudiese besarla.

–Leo, ¿qué estamos haciendo? –le preguntó en voz baja.

–Somos dos adultos a punto de subir al piso a pasar la tarde teniendo un sexo estupendo –le contestó él con tono seguro, bajándole el tirante del camisón.

–¿Qué hago aquí? –insistió ella–. Mi trabajo está en Siracusa... Tengo clientes. Y tú tienes que dirigir tu empresa. Esto es una locura.

Era una locura y ambos lo sabían, pero Leo nunca se había sentido tan fascinado con una mujer. Tenía dinero suficiente para que otras personas hiciesen su trabajo durante unos días sin que pasase nada. Y había oído comentar a Dara que podía hacer el suyo a distancia durante la temporada baja.

Después de lo ocurrido la noche anterior, la idea de vender el castillo y de hacerle daño a Dara lo incomodaba todavía más, pero los sentimientos no importaban en aquella situación, lo importante era el sexo y ambos lo sabían.

–Me parece que los dos sabemos lo que queremos, Dara. Y yo, por una vez, estoy dispuesto a sacrificar un par de días para tenerlo.

–¿Quieres que me quede aquí? ¿Contigo?

–Te quiero en mi cama todas las noches que haga falta antes de que nos cansemos el uno del otro.

Se inclinó a besarla en el cuello y notó que se excitaba al oírla gemir.

–Me parece que lo vamos a poder organizar –comentó Dara casi sin aliento.

–Este ha pasado a ser mi acuerdo favorito –respondió él, sonriendo de manera seductora y tomando su mano para llevarla de vuelta al dormitorio.

Capítulo 7

PASARON los siguientes días prácticamente sin salir del dormitorio, haciéndolo solo para alimentarse y tomar algo de aire fresco.

Esto último consistía en un paseo por la playa a altas horas de la noche, que culminaba con Leo haciéndole el amor en el muelle de madera, con el sonido del mar a su alrededor.

Aun así, Dara encontró el tiempo de organizar algunas visitas para valorar si había que hacer reformas estructurales del castillo. Y esa mañana iba a ir una empresa de mudanzas para llevarse los muebles antiguos y que estos no sufriesen ningún daño durante las obras.

El recibidor estaba lleno de muebles y Leo se detuvo allí justo cuando un grupo de hombres estaba bajando un elegante tocador de madera de cerezo por las escaleras.

—¿Qué demonios están haciendo con eso? —inquirió furioso al ver lo sucias que tenían las manos.

Los hombres, que estaban riendo por el comentario gracioso de alguno de ellos, se quedaron en silencio y, sin querer, hicieron caer el mueble.

Leo vio horrorizado cómo se quebraba el espejo.

Se le hizo un nudo en la garganta y, rápidamente, se acercó a ellos.

–¿Se dan cuenta de lo que han hecho? –gritó.

Entonces la recordó, fulminándolo con la mirada oscura, enfadada...

Casi no notó la mano de Dara en la manga de su camisa, apartándolo del trabajador.

–Leo. Solo están haciendo su trabajo –le dijo, intentando tranquilizarlo, preocupada.

–No quiero que saquen nada de la habitación principal, ¿me oyes? Quiero que vuelvan a dejarlo todo como estaba.

Ella retrocedió, confundida y dolida.

–Pero la obra va a afectar a todo el castillo, Leo. El agua ha dañado todos estos muebles... ya no valen nada.

Leo pensó que, para él, nunca habían valido nada, y recordó el reflejo de su madre en aquel espejo. Todo lo que había en aquella habitación era tóxico.

Pero había que dejarlo donde estaba para que él pudiese estar tranquilo.

–Que lo lleven a su sitio –ordenó entre dientes antes de darse la media vuelta para salir por la puerta.

Se alejó del patio con la respiración acelerada y siguió el camino de piedra que bajaba por la colina. Aquel lugar era, en general, una mancha negra en su memoria, una mancha negra de soledad y desesperación. Dara pensó que lo odiaba por el recuerdo de la muerte, no entendía que había recuerdos de la vida que podían ser mucho peores.

No supo adónde iba hasta que dejó de oír el crujido de las piedras bajo sus pies y se dio cuenta de que había atravesado los jardines para dirigirse hacia la gran cripta familiar, construida en piedra. La estructura era una parte original del castillo, que su abuelo había restaurado en un esfuerzo por crear algún tipo de tradición familiar. Leo necesitaba entrar en la cripta. Necesitaba recordarse a sí mismo quién era. Ya no era un niño solitario.

Sus pasos retumbaron en las escaleras de mármol que había antes de llegar a la alta puerta de hierro forjado negro. Nunca estaba cerrada, siempre estaba abierta para que los dolientes pudiesen entrar a rendir homenaje a sus muertos. Apoyó la mano en el frío metal, respiró profundamente y empujó.

La puerta se abrió con facilidad y una bocanada de viento frío salió y le tocó el rostro como fríos dedos de la muerte. Y así fue como se vio envuelto por el oscuro y húmedo olor de su niñez.

—Leonardo, tienes que aprender a estar en silencio —le había ordenado ella, empujándolo suavemente de la cabeza para que entrase en aquel lugar tan feo.

Él había clavado la vista en su bello rostro, en sus ojos verdes, como los propios, en los rizos oscuros bañados por la luz exterior. Ella se había inclinado a darle un suave beso en la frente, con la mano todavía en el cuello de su camisa, para recordarle quién era quien tenía el poder. Leo le había rogado que lo perdonase, le había prometido que no había pretendido entrar en su habitación, que no había pretendido hablar en voz alta. Se le había vuelto a olvidar la norma de mamá.

Esta había sacudido la cabeza y lo había empujado hacia atrás.

—Silencio, *piccolo mio*. Mamá te dejará salir cuando aprendas a estar en silencio.

La puerta se había cerrado con un golpe tras de ella y el eco había retumbado en las tumbas de mármol que había alineadas en las paredes. Él se había tapado las orejas con las manos hasta que las vibraciones habían parado. Después, nada. Solo una oscuridad tan espesa que había dado la sensación de que la luz jamás había existido.

Leo se había sentado con la espalda apoyada en las frías tumbas en las que descansaban los cuerpos de sus ancestros hasta que el frío le había calado hasta los huesos...

El aire volvió a entrar en sus pulmones de manera temblorosa y Leo sintió una mano caliente en el hombro. Levantó la vista y se encontró con Dara. Los rayos de sol brillaban en su pelo rubio a través de la puerta abierta de la cripta. Él se dio cuenta de que estaba encorvado, sentado contra la tumba que había más cerca de la puerta. ¿Cuánto tiempo llevaba allí? ¿Qué habría visto Dara?

—¿Estás bien? —le preguntó esta con el ceño fruncido. Parecía preocupada.

—Estoy bien —respondió él entre dientes.

—Pues estás sudando —le dijo ella, alargando la mano para tocarle la frente.

—Te he dicho que estoy bien, maldita sea.

Agarró su mano y el calor y la suavidad de esta hizo que sintiese calor también por dentro. Tocarla le sirvió para recordar que tenía razón. Era un hombre adulto y los fantasmas del pasado no tenían ningún poder sobre él.

Agarró la mano de Dara con fuerza y la sacó de su pesadilla para llevarla a la luz de los jardines.

–¿Adónde vamos? –le preguntó ella sin aliento, mientras atravesaban rápidamente los jardines y se dirigían hacia el muro de piedra del perímetro del castillo.

–Quiero enseñarte algo.

Fueron por su camino, por el camino que Leo había tomado siempre de niño. Aspiró el olor a mar y esto aflojó la tensión y el dolor que tenía en el corazón. Las rocas eran altas y lisas mientras bajaban por el pronunciado descenso que llevaba del castillo al mar. Los pasos de Leo eran seguros y agarraba la mano de Dara con fuerza; también la agarró por la cintura varias veces para evitar que se cayese. El viento de la tarde los golpeó con fuerza, de repente, parecía que iba a haber tormenta.

La última roca plana terminaba de manera brusca y Leo saltó a la arena de la playa y después la agarró por la cintura para ayudarla a bajar con cuidado. Allí seguía su fortaleza, entre las rocas. Una estructura segura y dura, hecha de argamasa y piedra. Empujó la puerta y oyó chirriar las bisagras. El tejado y las paredes seguían intactos, el agua no había estropeado su pequeño refugio.

–¿Qué es este lugar? –preguntó Dara, casi sin aliento después del descenso, con el pelo alborotado alrededor del rostro.

Era una habitación pequeña y cuadrada, con suelo de piedra y minúsculas ventanas con rejas. Leo recordó vagamente que las paredes habían sido blancas, pero después de tantos años de humedades estaban negras en algunas partes.

–En una época se utilizó como caseta para guardar

botes, cuando mi padre todavía vivía aquí. Un día, me había escapado y la encontré. A partir de entonces, se convirtió en mi propio castillo –le contó, sonriendo al recordarlo.

–¿Y te escapabas mucho? –le preguntó Dara con el ceño fruncido.

–Me escapaba siempre. Lo planeaba con todo lujo de detalles, preparaba una maleta e incluso comida para traer.

Se acercó a la pequeña ventana y miró hacia el mar embravecido por la tempestad.

–Solía imaginarme que era un pirata que estaba esperando a que llegase mi barco a rescatarme de una isla desierta. Aunque la historia era diferente cada vez, la mente de los niños es caprichosa. Un día era un pirata, al siguiente un caballero que vencía a un dragón. No era capaz de decidirme por un personaje solo.

Dara sonrió, tenía frío, así que se abrazó.

–Qué divertido. ¿Y siempre volvías a casa después de vivir tus pequeñas aventuras?

–La comida se termina muy pronto cuando uno se dedica a luchar contra un dragón, Dara –le explicó él, sonriendo también.

–¿Y tu madre nunca se preguntaba dónde estabas?

–No. Nunca. Casi no la veía. Este era mi castillo y su dormitorio, el suyo. Nuestros caminos raramente se cruzaban.

Apartó los recuerdos de su mente.

–¿Es ese el motivo por el que no quieres que se toque su habitación? ¿Porque era su lugar?

Leo volvió junto a la puerta, donde estaba Dara, temblando de frío.

–No quiero hablar más de fantasmas –le dijo, esbozando una sonrisa y acariciando sus brazos de arriba abajo para calentar su suave piel–. En mi castillo se juega hasta que te ves obligado a salir porque no tienes comida.

–Los adultos no juegan, Leo –comentó Dara arqueando una ceja.

–Me temo que no estoy de acuerdo contigo, mi pobre y seria Dara –le respondió, inclinándose a mordisquearle el lóbulo de la oreja.

–Supongo que no querrás... –empezó ella–. ¿Aquí? Hace un frío horrible.

–Te prometo que encontraremos la manera de entrar en calor.

Dara se quedó inerte y relajada, escuchando cómo se calmaba la respiración de Leo y volvía a la normalidad. Este tenía los ojos cerrados, pero ella notó cómo la tensión volvía poco a poco a su cuerpo después de haberse quedado laxo tras hacer el amor.

Aquella vez parecía haber sido más intensa que las anteriores. Habían improvisado una cama con redes de pescar y mantas y allí habían apoyado sus acalorados cuerpos. La actitud de Leo había sido atenta y sensual, pero las sombras no habían desaparecido en ningún momento de sus ojos. Era como si una fuerza desconocida siguiese allí y él quisiese huir, como si hubiese querido utilizar el intenso placer que había habido entre ambos para alejarse de ella.

Dara se apoyó en los codos y estudió su pelo rizado, que tenía apoyado en el vientre.

–¿Por qué no me cuentas qué ha pasado? –le preguntó con voz amable.

–¿Cuando te he tumbado y te he dicho que en esta ocasión sería yo el dragón? –respondió él.

–Ponte serio por una vez, por favor. Estabas sentado en esa cripta con gesto de terror en el rostro, Leo. Me has asustado.

–Soy un hombre hecho y derecho, Dara... –protestó él, sentándose en su lecho y tomando los pantalones vaqueros del montón de ropa arrugada que había sobre el suelo polvoriento.

Dara se sentó también y puso una mano en su hombro para impedir que Leo se alejase de ella.

–Los hombres hechos y derechos también tienen pesadillas.

Él se echó a reír.

–Las pesadillas habrían hecho que mi niñez hubiese sido un poco más entretenida. Como ves, me aburría mucho.

–Los niños no se escapan de casa porque están aburridos.

Leo suspiró. Se puso en pie y se acercó a un pequeño cofre lleno de baratijas. Llevaba los vaqueros bajos, colgados de las caderas.

–A mi madre le gustaba el silencio –le contó en tono monótono, pasando un dedo por la tapa plateada de la caja–. Y se ponía furiosa cuando alguien perturbaba su paz. Imagino que tenía algo que ver con todos los medicamentos que tomaba a diario. En cualquier caso, es normal que un niño pequeño haga ruido de vez en cuando. Si eso ocurría, me castigaba.

–¿En la cripta? –preguntó Dara sorprendida.

Recordó el gesto pálido y aterrorizado de Leo, su cuerpo tenso, apretado contra la pared de mármol.

–No sé cuándo me di cuenta de que le pasaba algo –continuó él–. Algunos días estaba bien y otros... no. Yo debía de tener cinco o seis años la primera vez que me llevó allí. Se me había caído mi primer diente y corrí a su habitación para contárselo. Se me olvidó que no debía hacer ruido. Pasé varias horas en ese lugar antes de que me dejase salir.

Dara sintió que se le hacía un nudo en la garganta, tuvo ganas de llorar. ¿Cómo podía una madre ser tan cruel con su propio hijo? De repente, entendió la reacción de Leo cuando a los obreros se les había caído el tocador de su madre. Leo se había acostumbrado a que lo castigasen por tocar cualquier cosa que hubiese en aquella habitación. Se había acostumbrado a no poder entrar en ella. Dara se puso recta y se obligó a no llorar. No quería que Leo dejase de hablar.

Este siguió hablando con el mismo tono monótono mientras iba tocando una a una las baratijas que había en el cofre.

–Un día, cuando yo tenía doce años, vino a buscarme. Habían pasado meses desde su último episodio. Yo había aprendido a no hablar con ella, a no provocarla. Había aprendido a estar en silencio. Estaba encolerizada y no dejaba de llamarme Vittorio. Al parecer, yo estaba empezando a parecerme demasiado a mi padre. En esa ocasión, me dije que no me encerraría en la cripta, y como nunca me agredía físicamente, supe que no me llevaría allí por la fuerza. Así que guardé silencio y esperé a que se marchase.

–Tengo la sensación de que tuviste que crecer demasiado pronto.

–Pensé que había aprendido a mantenerme seguro. Y a hacerla feliz a ella, pero aquella noche me desperté y la sorprendí intentando pegarle fuego a mi habitación.

Dara dio un grito ahogado.

Él se giró a mirarla, estaba muy serio.

–Nadie resultó herido. El ama de llaves, que estaba despierta, oyó mis gritos. Entre ella y su marido pudieron sofocar el fuego a tiempo, antes de que se propagase. Pero aquello fue motivo suficiente para que mi padre viniera a casa a pesar de estar en uno de sus viajes de negocios y me sacase de allí para meterme en un internado en Siena.

–¿Y qué hizo con tu madre?

–Mi madre se quedó aquí. El ama de llaves sabía calmarla. Mi padre pidió que le diesen más medicación para ayudarla a dormir. Dijo que sufría de los nervios. Después de aquella noche, estuve seis meses sin volver a verla.

Leo sacudió la cabeza. Se pasó los dedos por el pelo y fue hasta la ventana para mirar a lo lejos.

–Después de aquello, siguió con sus ciclos de locura durante años. Yo pasaba las Navidades y el verano con mi padre. Este me llevaba a verla alguna vez, pero mi madre nunca me hablaba. Yo me preguntaba para qué nos habíamos molestado en ir. El internado me cambió. Me había convertido en un chico rebelde y ruidoso y me sentía ahogado en el castillo. Mi casa era como una lejana pesadilla. Un par de semanas antes de mi décimo octavo cumpleaños me aceptaron en

Oxford, Inglaterra. Mi padre estaba decidido a que tuviese la mejor educación, ya que iba a ser un futuro director ejecutivo. No sé por qué quise venir a verla. Sentí que si le decía que me marchaba del país tal vez podría obtener de ella alguna reacción. Cuando llegué, el castillo estaba vacío. Jamás olvidaré aquel silencio.

Dara supo por su postura que aquello estaba siendo muy difícil para él. Quiso decirle que no se preocupase, que no hacía falta que le contase nada más.

—Fui a su habitación y la vi tumbada en la cama, vistiendo su mejor vestido. Recuerdo que pensé que parecía la Bella Durmiente. No la toqué. No me hizo falta. La presencia de la muerte hace que el ambiente esté pesado.

Dara se cubrió la boca con ambas manos y los ojos se le llenaron de lágrimas.

—Llevaba allí más de un día, tumbada en la cama. Se había tomado pastillas para dormir para toda una semana. Había echado a todos los trabajadores del castillo en una de sus explosiones de ira. Estos habían intentado llamar a mi padre, pero no lo habían localizado porque estaba en un yate, con una de sus amantes.

Dara se levantó y fue hasta él, le tocó el hombro y se dio cuenta de que estaba helado.

—No podías haber hecho nada. Las enfermedades mentales no se curan con el amor de un hijo.

—No recuerdo haber sentido por mi madre nada más que miedo. Desde los seis años, supe que estaba enferma. Aprendí a adaptarme. Y el día de su funeral, mientras metían el ataúd en la tumba...

Se giró a mirarla, su expresión era de verdadera angustia.

–Sinceramente, me sentí como si me hubiesen quitado un peso de encima. Siempre había tenido miedo... incluso después de haberme ido al internado. Había tenido miedo de que viniese a por mí. Me odiaba de verdad. Y al mirar a mi padre a los ojos vi en ellos el mismo alivio y supe que mi madre había tenido razón. Yo era igual que él.

–Leo, tu madre estaba enferma. En ese estado, es normal que las personas vean las cosas de manera muy distinta a la realidad.

–Cuando la ceremonia terminó, vi cómo mi padre se acababa de fumar un puro y lo apagaba con el pie delante de la cripta. Y en ese momento sentí que algo burbujeaba en mi interior. Siempre había luchado por ser el mejor, por conseguir su aprobación. Siempre había querido que mi padre se fijase en mí. Él no estaba enfermo, no tenía ninguna excusa para su comportamiento. Me acerqué y le pregunté que por qué no había hecho nunca nada para ayudarla. Él sacudió la cabeza y me respondió que no había podido controlar su personalidad, que mi madre había sido una mujer débil, que había manchado el nombre de nuestra familia. La había mantenido encerrada para que no nos avergonzase a todos. Yo le di un puñetazo en la barbilla y me marché. Decidí que tal vez me pareciese a él físicamente, pero que jamás sería tan despiadado como era él.

–¿Es ese el motivo por el que vendiste su empresa? ¿Por venganza?

–Tal vez fuese una decisión infantil –comentó Leo, encogiéndose de hombros, sentándose detrás de ella y tomándola en su regazo.

–Infantil, no. Tu padre no se merecía tu respeto, Leo.

Dara notó su calor en la espalda, era un hombre maravilloso que le había abierto los ojos a muchas cosas. Vivía al máximo, sin respetar las normas, para escapar de todo aquello. Detrás de aquel chico encantador y rebelde había alguien que solo quería amor.

Aquello le resultó casi insoportable. Leo estaba empezando a importarle demasiado y la sensación la asustaba. Saber que estaba tan herido como ella misma le hacía más difícil pensar en su relación. La intimidad que había entre ambos solo podía complicar las cosas.

Leo abrazó a Dara mientras intentaba procesar los sentimientos que intentaban escaparse de su pecho. Tenía treinta años y aquella era la primera vez que había hablado de su niñez. ¿Qué tenía aquella mujer que había hecho que deseara desnudarse ante ella?

Siempre había tenido su pasado enterrado en un recóndito rincón de su mente, lleno de vergüenza y confusión, pero en esos momentos, después de hablar de él en voz alta y oír que Dara le decía que era normal... Se sentía mucho más tranquilo que nunca. De repente, los recuerdos del miedo que había sentido no eran más que eso, viejos recuerdos.

Por primera vez se sentía completamente presente en el momento en el que estaba, en aquella caseta, con aquella mujer entre sus brazos. Sentía que podía quedarse así con ella y no sentir miedo. Como si aquel fuese un lugar seguro en el que poder estar durante un breve tiempo, o más.

Esa noche, Leo observó desde la puerta de su habitación cómo Dara dormía profundamente en su cama. Lo había despertado una llamada de su club en París y se había debatido entre despertarla o dejarla dormir, pero después de otra noche de maratón sexual había decidido dejarla descansar. Dara trabajaba muy duro en el *castello* durante el día y pasaba las noches en su cama. Merecía dormir bien.

El club Platinum de París estaba pasando por algunas dificultades legales relativas a su licencia y Leo tenía que estar allí antes del medio día para reunirse con su equipo de asesores. El avión estaba preparado, esperándolo, y tenía que marcharse de allí lo antes posible. El hecho de que no quisiese irse hizo que tuviese la decisión todavía más clara. Necesitaba distanciarse un poco para procesar todos los acontecimientos de las últimas semanas.

Durante mucho tiempo había evitado cualquier implicación emocional y se había tomado las relaciones personales con distancia. El día anterior se había confesado demasiado con Dara. Y esta tenía todo el derecho a poner en cuarentena lo que quisiera que fuera que había entre ambos. Al fin y al cabo, no se había comprometido a tener una aventura sin ataduras con un hombre que emocionalmente era un desastre.

Dara abrió los ojos en el preciso instante en el que Leo iba a salir de la habitación.

–Leo... ¿Adónde vas?

–A París. Tengo que atender unos asuntos.

Controló el impulso de volver a la cama con ella. No le apetecía pasarse la mañana metido en un avión y la tarde en unos juzgados.

–¿Vas a estar fuera mucho tiempo? –le preguntó ella, tapándose los pechos con la sábana de manera muy sensual.

En el tiempo que llevaban juntos, se había convertido en toda una seductora.

–Volveré en cuanto haya terminado con lo que tengo que hacer. Tú también tienes trabajo pendiente aquí.

Leo hizo una pausa y calculó bien sus siguientes palabras.

–Va siendo hora de que concluyamos nuestro acuerdo –añadió, viendo la confusión en el rostro de Dara.

–¿Ocurre algo? –quiso saber ella.

–Soy un hombre muy ocupado, Dara –le respondió él, girándose hacia la puerta–. Ya hablaremos a mi regreso.

Dara vio desaparecer el coche de Leo por el camino y sintió que el corazón se le encogía en el pecho. Aquello no tenía que haber ocurrido. Se sentó en la galería y observó cómo empezaba a salir el sol sobre el mar, su color anaranjado y rojizo mezclándose con el tranquilo espejo del agua. Leo había dicho que aquello era solo un pasatiempo, dos personas adultas pasándolo bien y disfrutando de la atracción que sentían la una por la otra.

¿Cuándo había empezado a ser algo más?

Leo sabía que ella no podía darle un futuro. La propia Dara le había dicho que era una causa perdida, pero también era típico de ella meterse en la cabeza la idea de que Leo sentía algo más solo porque ambos habían compartido la historia de sus vidas. Dara llevaba cinco años convenciéndose a sí misma de que era feliz estando sola, y casi había empezado a creérselo. En esos momentos, después de haber pasado una

única semana con Leo, sabía que había estado enga-
ñándose a sí misma.

Enfadada, se puso en pie y fue a vestirse.

Tal vez Leo sintiese lástima por ella. Quizás se había quedado tantos días a su lado solo por caballero-
sidad. Y, al fin y al cabo, ella tampoco quería más. ¿O
sí? Leo nunca sería feliz a su lado. Era siciliano, así
que lo normal era que quisiese tener hijos. No le había
oído decir lo contrario. En esos momentos estaba sol-
tero y le gustaba vivir así, pero en el futuro querría
sentar la cabeza y formar una familia. Al menos, tenía
la posibilidad de hacerlo.

Se le hizo un nudo en la garganta al pensar en Leo
con otra mujer. ¿Cuándo había empezado a pensar que
era suyo?

Se pasó la mañana muy atareada, inspeccionando
las obras del comedor. Ya no quedaba ninguna traza
de los daños causados por el agua y habían pintado las
paredes de un tono naranja metálico muy parecido al
original. Las vigas de madera del techo estaban recién
pulidas y al verlas se acordó de su estado unos días
atrás.

Le costó creer que hacía poco más de una semana
que había conocido a Leo. Ya lo estaba echando de
menos y solo llevaba fuera unas horas.

Sus pensamientos se vieron interrumpidos por el
sonido de un coche que se acercaba por el camino. A
Leo no le había dado tiempo a llegar a París y volver.
Así que salió a la puerta y vio un coche deportivo de
color plata que no conocía.

El coche se detuvo en el patio y Umberto Lucchesi salió de él sonriendo.

–Dara, cuánto me alegro de verte –la saludó, dándole un abrazo.

–Me temo que Leo no está. Lo han llamado y ha tenido que marcharse a atender un asunto urgente.

–En realidad, he venido a verte a ti –le confesó Umberto sonriendo.

Retrocedió para admirar la fachada del viejo *castello*.

–No te preocupes. Solo quería venir a darte una explicación.

Dara frunció el ceño.

–¿Una explicación? ¿Por qué?

–Bueno, supongo que Leo ya te habrá contado que me va a vender el castillo.

El duro golpe de la traición sacudió a Dara, que dejó caer las manos a ambos lados de su cuerpo mientras asimilaba las palabras de Umberto.

–No, no me lo ha comentado –admitió, intentando mantener la voz calmada.

–Pues llegamos a un acuerdo en Palermo. Supongo que sabrás que, originariamente, el *castello* pertenecía a mi familia.

Dara asintió, intentó seguir sus palabras, pero la noticia de que habían llegado a un acuerdo en Palermo le dolió todavía más. Leo sabía aquello desde hacía días. Había sabido que le iba a destrozar la vida y, no obstante, la había seducido.

Sintió ganas de llorar y un nudo de emoción en el pecho.

–¿Te ha enviado a contármelo? –preguntó en voz

baja, tratando de evitar, sin éxito, que le temblase la voz.

Umberto negó con la cabeza.

—Mira, no quiero entrometerme en lo que hay entre mi sobrino y tú. Solo quería que supieses que el grupo Lucchesi estará encantado de que organices aquí la boda de la tal señorita Palmer cuando el *castello* nos pertenezca.

—Con el debido respeto, acabo de enterarme de que mi contrato es nulo y no tiene efecto. No pienso que vaya a firmar otro con usted.

—No es eso lo que pretendía sugerir. Veo que la noticia te ha pillado desprevenida, así que te dejaré sola para que puedas hacerte a la idea. Ven a comer al complejo mañana y hablaremos del tema con tranquilidad.

Dara casi no se dio cuenta de que Umberto se había marchado en ese momento. Se sentó en uno de los bancos de mármol que había en el patio y sintió que, a pesar de sus esfuerzos, perdía el control. Las lágrimas corrieron por sus mejillas hasta caerle en el regazo.

Capítulo 8

LEO entró en el vestíbulo principal del complejo que su tío tenía en Siracusa. El viejo había sido muy enigmático con respecto a su interés por verlo.

Después de haber pasado dos días enteros en París, pensando, había tomado la decisión de decirle a su tío que no podía venderle el castillo antes de volver a Monterocca.

Dara era el único motivo por el que había vuelto a la casa de su niñez. Por ella se había enfrentado a sus demonios y se había deshecho de la oscuridad que lo había acompañado desde el fallecimiento de su madre. Los sentimientos que tenía por ella eran intensos, nuevos, pero lo que habían descubierto juntos en el *castello* valía diez veces más que ningún acuerdo.

Umberto bajó las escaleras principales y Leo levantó la mano para saludarlo, pero se quedó de piedra al ver que iba acompañado por una bella mujer rubia. Dara le dio la mano a Umberto, su rostro era una máscara de amabilidad y gratitud profesional.

Dara se giró y vio a Leo cuando este estaba justo a los pies de la escalera. Se puso tensa y se giró, dándole las gracias a Umberto otra vez más antes de echar a andar en dirección contraria.

Leo se sintió como si lo hubiese atropellado un tren. Se quedó inmóvil, observando cómo se alejaba Dara, antes de que su cerebro volviese a reaccionar.

Umberto le dio una fuerte palmada en la espalda y tomó su mano para saludarlo.

—Me alegra que hayas hecho tiempo para venir a verme, chico —le dijo—. Hemos tenido un pequeño cambio de planes con el complejo, así que he pedido que se pongan con el contrato hoy mismo.

Leo hizo ademán de seguir a Dara por la recepción, pero su tío se lo impidió.

—No montes una escena aquí, Valente —le advirtió.

—¿Qué hace ella aquí? —inquirió él.

—La señorita Devlin ha aceptado mi oferta de empleo.

—Eres un cerdo —lo insultó Leo, sintiendo que se le nublaba la vista—. ¿Lo has hecho para convencerme de que te venda el *castello*?

—Llevas toda la semana sin responder al teléfono, así que he pensado que necesitarías algún incentivo. La chica tiene un contrato con Portia Palmer, pero le he ofrecido además un despacho en el último hotel que he abierto. Es una oportunidad demasiado buena para echarla a perder. Y quería asegurarme de que estábamos todos de acuerdo.

—¡Lo que querías era deshacerte de cualquier posible obstáculo!

Umberto se encogió de hombros.

—Leo, así es como funcionan realmente los negocios.

—Yo prefiero tener conciencia.

Leo se giró y atravesó la recepción en dirección

adonde había ido Dara. Llegó a su lado justo cuando giraba en el pasillo que llevaba a las salas de reuniones.

Nada más verla de cerca, Leo se dio cuenta de que tenía ojeras. Parecía llevar días sin dormir ni comer. Parecía una mujer traicionada.

–No tenemos nada de qué hablar, Leo.

–Yo pienso que sí, tenemos muchas cosas que decirnos.

Habló con tranquilidad, conteniendo la ira que lo consumía. Abrió la puerta de una sala de conferencias que estaba vacía y le hizo un gesto para que entrase.

Ella se apartó de su lado y se colocó junto a un extremo de la mesa, con las manos apoyadas en el respaldo de uno de los sillones de piel.

Leo cerró la puerta y se volvió a mirarla.

–Me ha dicho que te ha ofrecido una inversión a cambio del *castello*. ¿Es mentira? –inquirió Dara, cruzándose de brazos.

Había dolor en sus ojos brillantes.

Leo sintió vergüenza.

–Yo no he firmado nada.

–Pero ibas a hacerlo –replicó ella completamente convencida.

¿Lo creería si le decía que estaba allí para decirle a su tío que no iba a vender el castillo, que quería quedárselo?

Ya no asociaba el Castello Bellamo a oscuridad y miedo. En esos momentos era un lugar cuyos recuerdos estaban llenos de calor, caricias y pasión.

–Porque no ibas a renunciar a un contrato de un millón de euros por una organizadora de bodas a la que no conoce nadie con la que estás teniendo una aventura, ¿no? –continuó Dara–. Somos adultos, Leo. Los dos sabíamos lo que era esto. Y, si te soy sincera, no te culpo. Es mejor así. Lucchesi me ha propuesto que trabaje con él, pero siendo mi propia jefa. Y como, de todos modos, mi empresa no habría funcionado, así al menos tengo la oportunidad de planear la boda de Palmer. Voy a estar bien.

–Hoy he venido aquí a decirle a mi tío que me echaba atrás, que había decidido que quería quedarme con el *castello*.

–¿Y por qué ibas a hacer eso?

–Porque esta última semana he sido más honesto y genuino que nunca. Irrumpiste en mi vida y me obligaste a volver a un pasado en el que nunca había querido pensar. ¿Sabes lo que es eso para alguien como yo? –le preguntó, sacudiendo la cabeza y caminando hacia el final del salón–. ¿Y ahora me dices que Umberto te ha contado que le iba a vender el castillo y que has decidido cambiar de barco?

–Teniendo en cuenta tu repentino cambio de actitud, no me costó mucho creer a tu tío. Y lo más lógico para mí era aceptar lo que me ofrecía.

–¡Al diablo con la lógica! –gritó él, girándose hacia ella y dando un golpe con la mano encima de la mesa–. ¿No vas a luchar por tu empresa? ¿Vas a tirar la toalla sin más? ¿Dónde está la mujer que trepó por un edificio para luchar por su carrera?

–No tengo elección.

–Siempre hay elección, Dara. Nadie te ha puesto una pistola en la cabeza. ¿Quieres saber lo que pienso? Pienso que tienes miedo. Tú también sientes... eso que hay entre nosotros. Y huir a la primera señal de peligro es mucho más sencillo que quedarse y arriesgarse a sufrir.

Dara miró fijamente al hombre que tenía delante. Respiró hondo e intentó calmar los caóticos latidos de su corazón.

Leo rodeó la mesa para ponerse delante de ella.

—Puedes seguir intentando apartarme con tu lógica y tu profesionalidad, pero sé que es todo fachada.

Le apartó un mechón de pelo de la cara y ella se estremeció.

Se puso tensa y retrocedió.

—Leo... lo nuestro solo era sexo —le dijo en un susurro—. Nada más.

Sacudió la cabeza y miró por la ventana, hacia la bahía que había abajo. No podía mirar a Leo a la cara después de que este le hubiese ofrecido más y ella lo hubiese rechazado. Al tomar aquella decisión, estaba renunciando al amor que sentía por él. Sabía que Leo no podría ser feliz con una mujer como ella. Para su alivio, este se giró y salió de la habitación sin mediar palabra.

Ella esperó a dejar de oír sus pasos y entonces empezó a llorar. Se sentía físicamente enferma. Y Leo volvería a su vida normal al día siguiente, no le cabía la menor duda. Los hombres como Leo Valente no sufrían por las mujeres, pasaban de una a otra sin darle más vueltas.

Dara recordó el día de la caseta y a Leo hablándole de su pasado. Aquel día había visto al hombre que había debajo de la fachada de playboy. ¿De verdad lo creía capaz de engañarla de aquella manera, o se había precipitado al marchase del *castello* tan pronto, para huir de sus propios sentimientos? Tal vez todo habría sido diferente si lo hubiese esperado allí y le hubiese dado la oportunidad de explicarse.

Se limpió las lágrimas del rostro y sacudió la cabeza. Lo hecho, hecho estaba.

No sabía si sería capaz de recuperarse de aquello. Ni si quería hacerlo.

La semana posterior a su último encuentro había sido muy difícil para Dara, pero saber que Leo estaría allí aquel día, para firmar el contrato con su tío, era mucho peor. Casi tenía la esperanza de levantar la vista y verlo junto a la puerta, sonriendo de manera encantadora, engatusándola con su palabrería. Casi tenía la esperanza de verlo.

Había tomado la decisión de no organizar ella la cena de aquella noche por instinto de conservación. No habría soportado volver a ver el dolor en los ojos de Leo. O, todavía peor, comprobar que iba a la cena acompañado. Solo de pensarlo, se ponía tensa.

Se reprendió mentalmente. Aquello era ridículo. Leo no le debía nada, nunca le había debido nada. Y cualquier cosa que hubiese podido deberle, ella la había tirado por la borda al darle la espalda.

Recordó sus palabras:

«Siempre hay elección, Dara».

–¿Qué estás haciendo aquí? La cena empieza dentro de veinte minutos.

Umberto Lucchesi estaba en la puerta de su despacho, con una copa de champán en la mano.

–No pienso que sea adecuado que yo asista a la velada, teniendo en cuenta mi reciente historia con el señor Valente.

–Leo no va a venir esta noche. Y es una buena ocasión para que te presente a la familia que forma el Grupo Lucchesi. Y que celebremos que hemos conseguido el contrato del siglo.

–Pensé que iba a firmar el contrato hoy.

–Lo ha vuelto a posponer. Ha dicho que tenía un compromiso y que no podía venir, pero está hecho –comentó Umberto con el ceño fruncido.

Dara apretó los dientes.

–Y si el contrato todavía no está cerrado, ¿por qué vais a celebrarlo?

–Entre hombres de negocios sicilianos, un acuerdo verbal es tan serio como un contrato escrito. Enviaré el contrato al *castello* mañana, y entonces lo firmará. Esta noche lo vamos a celebrar.

Dara no había sabido que Leo seguía en Monterocca. Había pensado que a esas alturas ya estaría viajando por el mundo. Saber que estaba en el castillo... en el lugar en el que tanto habían compartido... Se preguntó si no se habría marchado de allí por motivos profesionales o sentimentales.

Umberto siguió hablando:

–A nadie le sorprende que el castillo vaya a ser mío otra vez. Siempre tenía que haber sido así. No tenía que haber caído en manos de esos traidores –dijo, casi para sí mismo.

–Nunca fue suyo –lo contradijo ella en voz baja.

Él se puso tenso y la miró con el ceño fruncido.

–El *castello* pertenecía a mi madre, lo mismo que

el terreno. Es de mi sangre. No pertenece a un irrespetuoso Valente.

Dara se puso en pie, enfadada de repente.

–No se atreva a hablar así del hombre al que amo.

–Te olvidas de cuál es tu lugar aquí, Dara. Ahora trabajas para mí, no para él. Me tienes que ser leal a mí.

–Me estoy empezando a dar cuenta de que he cometido un error. Eres un hombre odioso.

–El contrato de Portia Palmer es ahora mío. Si te marchas, perderás a tu cliente y todo lo que has trabajado no te servirá de nada.

–No estoy de acuerdo.

Dara se sonrió. Su trabajo no había sido en balde, había conseguido la mejor experiencia de toda su vida.

Tomó su abrigo y su bolso y pasó junto a Umberto, que seguía en la puerta. Aunque Leo la rechazase, aunque hubiese perdido su oportunidad, iba a intentarlo.

Dara detuvo el coche fuera del castillo Bellamo y aspiró el familiar olor a mar y a naranjas.

La puerta principal se abrió y Maria salió corriendo por ella.

–¡Sabía que eras tú! –exclamó, abrazándola cariñosamente–. Le dije que volverías. Se lo dije.

–¿Está en casa? –la interrumpió Dara, incapaz de contener las ganas de verlo.

–Lleva todo el día en el muelle –le respondió Maria sonriendo–. Necesita una mujer como tú, Dara. Eres una buena persona.

Aquello la animó. Era consciente de que tal vez hubiese hecho demasiado daño como para que la perdonasen, pero tenía que intentarlo.

Mientras bajaba por el camino de piedras que llevaba a la playa, intentó pensar en lo que iba a decirle, pero la cabeza se le quedó en blanco al verlo agachado, reparando una madera del pequeño muelle. Llevaba unos pantalones vaqueros caídos, una camiseta blanca rota y muy sucia.

Se giró hacia ella y sus miradas se cruzaron. Dara respiró y se acercó más.

—No sabía que fueses un manitas —comentó.

—Hola, Dara —respondió él con cautela—. Supongo que te habrá enviado mi tío, ¿no?

—No me envía nadie. Estoy aquí porque quiero.

—Me siento halagado —dijo riendo.

—No hagas bromas, por favor —le pidió Dara, que estaba muy nerviosa.

—¿Ocurre algo? ¿Te está tratando mal?

Leo se incorporó y fue hacia ella.

—No, no ha pasado nada.

—Entonces, ¿qué? —le preguntó, mirándola a los ojos.

—Te echaba de menos —susurró Dara, apoyando una mano suavemente en su pecho.

Leo la miró y, por un instante, Dara pensó que iba a besarla, pero entonces lo vio retroceder y poner distancia entre ambos. A ella se le aceleró el corazón.

—Supongo que me lo merezco —admitió en voz baja.

—¿Has venido hasta aquí para decirme eso?

—No. He venido a decirte que no le vendas el *castello* a Umberto Lucchesi. Me he dado cuenta de que había cometido un error. De que ahora lo ibas a vender por mí y que yo sería el motivo por el que un lugar tan bonito estaría en manos de ese hombre.

–¿Y lo decides hoy, cuando es como si el contrato ya estuviese firmado? Qué oportuna eres, Dara. ¿Qué va a pensar tu jefe de esto?

–Me da igual porque he dimitido.

Leo entrecerró los ojos.

–Dara, dime por favor que te has quedado con los derechos de la boda de Palmer.

–No. El contrato será para Lucchesi, pero el *castello* no tiene por qué ser suyo –le dijo, acercándose un paso–. Todo lo que me dijiste el otro día... significa para mí mucho más que esa boda. Quiero que seas feliz. Quiero que tengas este maravilloso castillo y tu propia familia. Te mereces ser feliz.

–Así dicho, cualquiera pensaría que te importo...

–Me importas. Te quiero porque has sacrificado tu felicidad por la mía, pero no podría vivir conmigo misma si lo permitiese.

–Dara...

Leo se acercó a ella, pero entonces fue Dara la que retrocedió porque sabía que, si la tocaba, perdería el control.

–Nunca había sido tan feliz como los días que pasé aquí contigo –susurró–. Siempre lo recordaré, pero lo mejor es que cada uno continuemos con nuestra vida. Yo no soy...

–Ahí te voy a interrumpir.

Leo la besó suavemente, despacio. Ella lo abrazó para tenerlo más cerca, incapaz de controlar la emoción que tenía dentro. Tal vez aquella fuese la última vez que lo besaba, así que necesitaba saborear cada momento.

Leo terminó el beso y se apartó, sonriendo.

—Se me ha olvidado lo que te estaba diciendo —balbució Dara, llevándose una mano a los labios.

—Ibas a decirme que no eres la persona adecuada para mí porque no puedes tener hijos y que yo me merezco a una mujer completa. O algo parecido, igual de ridículo.

—Me has dejado sin argumentos, anticipándote —dijo ella riendo.

—No tenías ningún argumento porque son todo tonterías, y lo sabes.

Dara intentó contradecirlo, pero Leo la agarró por la cintura.

—¿Hace falta que te bese otra vez? —la amenazó—. Te quiero por lo que eres, no por los hijos que puedas darme. Quiero construir una vida contigo, Dara. Quiero que riamos juntos, que viajemos juntos y que volvamos a casa juntos después de un duro día de trabajo y discutamos por quién va a fregar los platos.

—Tú jamás has fregado los platos.

—Es verdad —admitió Leo riendo.

—Siento haber estado a punto de estropearlo. Estoy demasiado acostumbrada a sentirme inferior. Me aterraba pensar que pudiese gustarte. Y todavía más oírte decir que era perfecta... Casi había empezado a creer en mí misma.

—Te diré que eres perfecta todos los días hasta que te lo creas.

—Te quiero —susurró Dara.

—Cuánto tiempo has tardado en darte cuenta —comentó Leo riendo, mientras le mordisqueaba el cuello.

Epílogo

LEO esperó con impaciencia en la puerta del *castello*. Acababan de hacer el último brindis en la carpa y los invitados a la boda se disponían a pasar la velada bailando y festejando. El sol de junio había calentado con fuerza durante todo el día, dejando una noche muy agradable, y el mar estaba en calma.

Todo había salido bien, Dara se había asegurado de ello. La vio saliendo por fin de la carpa, con el pelo todavía impecable. La había visto en acción durante todo el día, organizando la boda más importante de su carrera después de ocho meses de mucho estrés.

Portia Palmer había resultado ser una novia demasiado exigente para el Grupo Lucchesi, así que cuando la venta del *castello* no se había cerrado, Umberto había decidido ceder la organización de su boda a una organizadora de eventos mucho más capaz.

Dara había aceptado el reto con gusto, y en cuanto se había corrido la voz de que estaba planeando la boda de Portia Palmer, había empezado a recibir muchas más peticiones. Ya tenía todo el año siguiente ocupado, y ese verano iba a organizar eventos para políticos, personalidades de la televisión y algunas personas de la realeza británica. Dara tenía mucho éxito.

Pero a pesar de que sus carreras hacían que ambos

estuviesen ocupados, tanto Leo como Dara seguían teniendo tiempo para estar juntos. Aquel fin de semana marcaba el comienzo de unas vacaciones de dos semanas que Leo llevaba planeando desde tiempo atrás.

–Aquí estás –le dijo Dara, dándole un beso en los labios–. Has desaparecido después de la cena.

–Tengo una sorpresa para ti. ¿Ya estás libre, o todavía tienes algo que hacer?

Ella tocó el pequeño aparato negro que llevaba sujeto a la oreja.

–Oficialmente he terminado. Mi equipo se ocupa de todo a partir de ahora.

–Excelente –dijo Leo, quitándole el auricular de la oreja y tirándolo por encima del hombro de Dara sin ningún miramiento.

–¡Leo! Eso cuesta dinero. Mi empresa todavía no es una compañía multimillonaria precisamente.

Él se echó a reír y la tomó de la mano para llevarla hasta su habitación.

–Si lo que querías era traerme rápidamente a la cama, habérmelo dicho –le dijo ella en tono seductor, tirando de su corbata.

–Todavía no. Primero, la sorpresa.

–Qué misterioso... –caviló Dara, siguiéndolo hasta el balcón.

En ese momento el cielo se llenó de una erupción de colores. Estallidos rojos y azules se reflejaron en la bahía.

–Oh, Leo, es precioso. Portia va a estar encantada. Qué manera más maravillosa de terminar la noche.

–Quería que fuese una noche mágica para ti. Llevo esperando este momento durante bastante tiempo.

Dara dio un grito ahogado al ver que Leo se sacaba una pequeña caja del bolsillo. Ya sabía lo que había dentro.

—Dirás que soy muy impulsivo, pero compré este anillo cuando estuve en París. Ya entonces lo sabía.

Abrió la caja y Dara vio un espectacular zafiro rectangular. Era un anillo antiguo, con historia y con clase.

—¿Tan seguro estabas de que te iba a decir que sí? —bromeó ella.

—Bueno, supongo que siempre podría haberlo devuelto... —replicó él, cerrando la caja y volviendo a guardársela.

Dara apoyó una mano en su cintura.

—Y yo que tenía pensado pedirte que te casaras conmigo. Me has estropeado la sorpresa —le dijo, intentando no sonreír.

Dara le colocó el anillo, le quedaba perfecto.

—Estoy deseando que seas mi marido. ¿Te gustaría que fuésemos a casarnos a algún lugar exótico?

—¿No quieres una boda por todo lo alto? Pensé que querrías organizar todo un festival lleno de extravagancias.

Dara negó con la cabeza y lo miró con lágrimas en los ojos.

—No me importa dónde ni cuándo, siempre y cuando sea tu esposa. Todo lo que quiero está aquí, lo tengo delante de mí.

Leo se inclinó y capturó sus labios en un beso que prometía que estarían juntos para siempre. Con su Dara, que era perfecta... en su hogar.

Bianca

En el oscuro juego de venganza y seducción cambiaron las tornas. ¿Quién acabaría utilizando a quién?

Conan Ryder irrumpió hecho una furia en la vida de Sienna, interrumpiendo su trabajo como instructora de gimnasia y acelerándole el pulso al máximo.

Le exigía que su sobrina lo acompañara a visitar a su madre enferma. Pero Sienna no estaba dispuesta a dejar a su hija pequeña sola en manos de su cuñado. Por eso, llena de pánico, decidió volver a la boca del lobo.

La lujosa mansión en el sur de Francia resultaba una cárcel de oro bajo la mirada acusadora de Conan, que culpaba a Sienna de la muerte de su hermano.

OSCURO JUEGO DE SEDUCCIÓN
ELIZABETH POWER

Acepte 2 de nuestras mejores novelas de amor GRATIS

¡Y reciba un regalo sorpresa!

Oferta especial de tiempo limitado

Rellene el cupón y envíelo a
Harlequin Reader Service®
3010 Walden Ave.
P.O. Box 1867
Buffalo, N.Y. 14240-1867

¡Si! Por favor, envíenme 2 novelas de amor de Harlequin (1 Bianca® y 1 Deseo®) gratis, más el regalo sorpresa. Luego remítanme 4 novelas nuevas todos los meses, las cuales recibiré mucho antes de que aparezcan en librerías, y factúrenme al bajo precio de $3,24 cada una, más $0,25 por envío e impuesto de ventas, si corresponde*. Este es el precio total, y es un ahorro de casi el 20% sobre el precio de portada. !Una oferta excelente! Entiendo que el hecho de aceptar estos libros y el regalo no me obliga en forma alguna a la compra de libros adicionales. Y también que puedo devolver cualquier envío y cancelar en cualquier momento. Aún si decido no comprar ningún otro libro de Harlequin, los 2 libros gratis y el regalo sorpresa son míos para siempre.

416 LBN DU7N

Nombre y apellido   (Por favor, letra de molde)

Dirección   Apartamento No.

Ciudad   Estado   Zona postal

Esta oferta se limita a un pedido por hogar y no está disponible para los subscriptores actuales de Deseo® y Bianca®.
*Los términos y precios quedan sujetos a cambios sin aviso previo.
Impuestos de ventas aplican en N.Y.

SPN-03   ©2003 Harlequin Enterprises Limited

Deseo

TANNER

Instantes de pasión

JOAN HOHL

En cualquier otra ocasión, Tanner Wolfe habría tenido ciertas reticencias a que lo contratara una mujer. Pero el precio era lo bastante alto para atraer su atención, y la belleza de la dama en cuestión hizo que la atención se convirtiera en deseo. Sin embargo, no estaba dispuesto a que ella lo acompañara en la misión. El inconformista cazarrecompensas trabajaba solo. Siempre lo había hecho y siempre lo haría. Claro que nunca había conocido a una mujer como Brianna, que no estaba dispuesta a aceptar un no como respuesta… a nada.

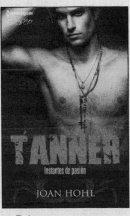

¿Lo harías por un millón de dólares?

¡YA EN TU PUNTO DE VENTA!

Se busca ayuda para dominar a un hombre…

Seis semanas atrás, un accidente de coche dejó a Xander Sterne con una pierna fracturada y, para su inmensa irritación, la necesidad de una ayudante en casa. Pero, para su sorpresa, la ayuda llegó en forma de la exquisita Samantha Smith. Y una pierna rota no sería obstáculo para el famoso donjuán.

Sam era una profesional y no iba a dejarse cautivar por las dotes de seductor de su jefe, que flirteaba e intentaba seducirla a todas horas. Pero empezaba a preguntarse cuánto tiempo tardaría en convencerla para darle un nuevo significado al término «ayudante personal».

LA SEDUCCIÓN DE XANDER STERNE
CAROLE MORTIMER

[9]